TIANXING SHIKU
天星诗库

荣荣 著

她还在人间走着

荣荣诗选　1996—2021

山西出版传媒集团　北岳文艺出版社
BEIYUE LITERATURE & ART PUBLISHING HOUSE

·太原·

图书在版编目（CIP）数据

她还在人间走着：荣荣诗选：1996—2021 / 荣荣
著. —太原：北岳文艺出版社，2022.6
ISBN 978-7-5378-6542-5

Ⅰ. ①她… Ⅱ. ①荣… Ⅲ. ①诗集－中国－当代
Ⅳ. ①I227

中国版本图书馆CIP数据核字（2022）第056950号

她还在人间走着

荣荣诗选 1996—2021

荣荣 / 著

出品人
郭文礼

选题策划
刘文飞

责任编辑
刘文飞

书籍设计
张永文

封面绘图
舟蒲麦

印装监制
郭勇

出版发行：山西出版传媒集团·北岳文艺出版社
地址：山西省太原市并州南路57号　邮编：030012
电话：0351-5628696（发行部）　0351-5628688（总编室）
传真：0351-5628680
经销商：新华书店
印刷装订：山西基因包装印刷科技股份有限公司

开本：787mm×1092mm　1/32
字数：199千字
印张：8.25
版次：2022年6月第1版
印次：2022年6月山西第1次印刷
书号：ISBN　978-7-5378-6542-5
定价：59.80元

"灯光照着不可描述的人间纯洁"

（代序）

王彦明

一

所有人的写作，几乎都有一条隐秘的暗线，串联着时间、技艺与精神向度。就荣荣的写作而言，这条线可以观照到辛弃疾、聂鲁达、朦胧诗及俄罗斯白银时代的诗人群体；而在题材层面，她的写作是驳杂而充满生机的，固然爱情的言说一直贯穿其间，但是由此生发出的对个人精神的审视、对时代症候的省察、对传统精神的复归，都是值得我们反复体认的。沈苇认为，荣荣写作的过程是一个从"尖锐"到"和解"，从"挣扎"到"省悟"，免于陷入虚无的泥淖，不断走向成熟和开阔的过程。当是确论。

写作进入到一种"大自在"境界而返璞归真，除却年龄与阅历的影响，个人所求同样不容忽视。在一次访谈中，荣荣说："有时候也会开玩笑或者赌气地说，我将辽阔让给你们，我独守我的一分真二分温柔三分小。"退身向后，并非示弱，而是以退为进，回到自我的"一隅";"辽阔"有时候反而是一种逼仄。这种抉择基于个人经验,展示了荣荣非凡的洞察力,她明白写作的空间只要与生活对接,就会变得开阔。此时"一隅"就会"别有天地"。

荣荣所谓的"真",就是要将写作退回到生活的层面,从生活之中汲取力量,谱写个人的生活史,进而构建个人的价值谱系;而她所谓的"温柔",是要回归女性的身份,探寻有别于男性的书写空间,尽管荣荣的作品曾被陈仲义视为"真挚粗放,有男性化特点",但是纵观荣荣的写作历程,她从未放弃女性身份独有的力量,2014年出版的诗集《时间之伤》就取材于更年期女性的身心精神,这是敏感的女性诗人独特的"创造";而这里的"小",就是放弃大而空洞的抒情,与"真"对接,在具体琐碎的事物中,寻找美好与诗意,"我的现实是另外一种,它是大众的、普遍的、卑微的、无常的、有些戏剧性甚至还有些荒诞。我相信,我所说的现实,这是由恒河沙数之多的小人物的命运组成"。

相对于其他女性诗人,荣荣的"温柔"是独特的,是恣肆的,是随性而洒脱的,摆脱了"小家碧玉"式的精致,拥有江湖儿女那种洒脱和自得。这种语言的敞亮既是个人阅历的影响,更是性情的外显。仅此,荣荣就足以成为新世纪女性诗人中的独特存在,她细腻不失爽利,温婉不失通透,阅尽人间百态,始终并未丧失那份天真。

荣荣试图以诗"抵御掉日常的平庸与琐碎",同时又深深明白诗"生发于日常的平庸与琐碎",在这个吞吐消化的过程中,超拔乃至峭拔的意义得以显现,情感正是在变化中上升,语言在转换中刷新,诗意因超越而独步。在情感的迂回、校正和探寻中,她的诗将生活之中幽暗的部分照耀得明澈、清晰,增加了完整性、光芒和人性的温暖。她的目光探向那些普通的、底层的、不幸的人身上,写到了自己的邻居、祖母、妹妹、钟点工、疯女人、出租车司机……而切入的却是现代人身心困境。她饱含深情地凝视万物，为世界保留了一份美好与珍贵的希望。

她广受好评的《一个疯女人突然爱上一个死者》，就是以"疯女人"的非理性视角、独白式的戏剧化语言表现了女人对爱情的理解和寄托，与之形成呼应的是她的《过错》，表达的是"一个缘于完美的毁灭者的内心呼号"，那种"飞蛾扑火"的赤诚就是一种爱的复归与召唤。这两首有着明显的差异，却都让我们在这个消解深情的时代里，感受到了传统爱情的炽热。即使是《钟点工张喜瓶的又一个春天》这样承载痛感的作品，我们也可以在细节中，感受到那种对底层人民关爱的目光。在这个意义上来说，荣荣的诗有母性的光芒，照耀着这个有些裂痕的世界。

二

荣荣最近在《草堂》上发了一大组总题为《喜欢，自然深爱》的诗，仅从题目来看，"喜欢，自然深爱"呈现了一种简单的爱情伦理，当然视为一种精神趋向也未为不可。这里的逻辑是非常微妙的，"自然"来得过于急促，甚至省去了一个深入的过程，直接抵达了情感的巅峰。我们可以在这种逻辑里得到一种直接的欢愉，这种撇去暧昧关系的纯粹，忽视了物质、经验和秩序，而直接表达为一种朴素的情感。

不可否认的是，情感的复杂性，人心的复杂性，不是一个词语就可以恰如其分地盖棺定论的。"暗中那瘆人的撕裂声无人听见，/她仍爱着，爱所有的悔不当初！"（《她爱他所有的当初》）如果《过错》是那种情感的喷射，有赴死的决绝，这里的情绪就是暗流涌动，在词语的内部衔接着心绪的转移。这是时间在诗意上的"刻舟求剑"，由此产生的焦虑、怨怼、不满、悔恨和无奈，依然化解不了深情，"爱所有的悔不当初"是在摧毁的前提下叠加，是负负得正，是要毁灭逻辑和秩序——显然，爱是没有道理可讲的。当我们再回到这首诗的题目"她爱他所有的当初"，就已经可以感受到背后的包容与珍视，而这种情感的时间性，总是充满落差感，当时的温情脉脉，当时的深情、快乐、甜蜜，在现在只能是"一圈圈慢慢褪去的身影"。这种黯然是火焰的消失，是黑暗的降临。

荣荣有很强的时间感，除了表现为物象的转换，情感的迁移也是一种呈现方式。我们习惯在今昔、虚实里进行对接，荣荣的"昨日""当初""过往"有深深的当下焦虑与期许。这种复杂的情绪，是"时间之伤"，也是热爱的余烬。"一个且行且远的原点，注定跑偏的剧设像身体磨损，容颜更替。"（《她爱他所有的当初》）也许想象的修复术可以还原面孔，甚至记忆可以剔除许多糟糕的记忆，但当下的纠结却越发深重。像《残菊》这样的作品，就是在物象与心境的对接中，形成了对时间的触摸。"残"和"菊"都有很深的时间性，"菊"带有的命名和引申属性，"残"带有的时间割裂感，把记忆打碎、混淆，乃至于丢失。"细碎的波纹在心里漾开时，/我看见了一朵残菊。"这里向前推进的"细碎的波纹"，是捡拾、模拟、拼贴和还原的过程，不可避免的还有篡改和遗弃。

消解和凝结，在荣荣的作品里，表现为一种反向互助的作用，遗忘意味着深刻，深爱传达为怨怼，卑微转述着深挚，错乱体现着清晰……爱情的逻辑就是如此繁复。"此刻，广场上所有无深意的零碎，/都如台阶错落，小径浅白。"（《会展广场的午休时分》）

"无"和"零碎"肢解了深情,诗句却在轻巧的节奏转换里,透露了内心的欢喜。"她的多情不被允许。/她等待的祝福,也永不会来到。/只有被篡改的记忆,一本写坏的书。"(《全程》)词语进行着碰撞、抵牾,情感一再降低诉求,这种示弱何尝不是一种深情?就像"她的任性只在想象里"这样的诗句,在限制之中,压制了深情,却释放了万千委屈。

荣荣从来都是一个在场者,她讨厌那种遮着面具的不爽利,她的声音回荡在内心的剧场。她的独白、低语和对话,都是在具体的情景中,炽烈的、真挚的、痛苦的展开。偶尔那些对白也会忽然跳脱一下,形成新的局面。"我无法给你我的最初,/至少让你为我画个句号。"(《遗存》)这一处直接引用,却写出多少人世间的悲欢聚合。在这一组诗中,荣荣转换了视角,从最初的直接抒情者转换为对他者的观察,即便如此,她的抒情都有一种不容置喙的执念。"她有重复的煎熬,疼痛,/她有重复的绝望。"(《全程》)她的反复就是强调,就是确指。偶尔她的抒情还交叉在情境的叙述之中,"为什么还能飞,不停地起落,/禁锢于一个狭隘又顽固的/早被预设的内心边界"。(《任性》)那种架空的"任性"总是来自期待着的幻想和预设之中,在彼此的钳制和撕扯间,若隐若现。

可以说,爱情诗在荣荣的创作中,占据了很大的比例,几乎她所有的诗集中都有,尽显一位女性诗人的敏感与炽烈,那种哀伤而甜蜜的情感,复杂而真醇。她不断转换着视角、表达方式,对过往、当下的心绪进行摹写和传递,她建构了一种爱情美学范式,而此种建筑烘托起来的却是一种人生经验之上的人生态度。"还有半明半昧的灯光,/曾照着他们勉强保留的外在清白和/不可描述的人间纯洁。"(《一场告别》)明与昧、内与外的渲染和氤氲之间,写作者的真诚和精神秩序都显现了出来。

三

如果说"勉强保留的外在清白"暗含了一种情境的还原，"不可描述的人间纯洁"体现了荣荣情感的价值建构，我认为"半明半昧的灯光"可以视为氛围的营建，体现了外物与内心的呼应关系。我愿意放大一点，将这"灯光"扩展为荣荣写作的技艺，而照耀的则是她所有的深情。就像前面我谈及的，荣荣写作已经抵达返璞归真的"大自在"境界。她的写作呼应了她的视野、情绪、呼吸和想象。但是，同样不可忽视的，还有她的技艺，因为炉火纯青，所以拥有很深的自然感。如果不借用显影的方式，很难发现。

"想象力、表达力和入世之心"，是荣荣抛却女性身份确认的诗歌应该具备的要素。这种"入世之心"是她始终如一的坚持；而她的表达力主要体现在她对词语的把控、对于结构的整合和对固有秩序的"冒犯"上。荣荣擅长在结构之中，形成一种韵致。"那里清风是你，明月是你，/缺失的风景也是你。"（《任性》）这种重复形成的淡淡爱情与忧伤一起袭来。"那里，她可以娇小如甜点，/或是白月光，睡前故事或热奶。/她可以要求这样要求那样，/她可以停留，昨日重回，/看时间一圈圈慢慢褪去他的身影。"（《她爱他所有的当初》）种种假想都是以词语的重复来递增情感的热度，但是在迂回中，又回到了最冷寂的部分。

就像"这样""那样"这一类的词语，当然可以增加想象的疆域，同样在表达上也温婉如耳语，有淡淡的亲昵、亲近。荣荣就是这样把一些俗词、不起眼的常用词增加了美感、节奏和韵致。词语意义的扩散与压缩，在于作者的调动。在《过》这首诗中，荣荣运用了25个"过"字，甚至还拆解了这个字，体现那种切肤之痛："'我爱过你。'现在，中间的过，/横，竖钩，点，点，横折竖，捺，/是过失，是过错，是过分。"这种拆解汉字的步骤和情感历程的转换存在一种暗合，同时也在时间上形成一种延宕，及至最后一句，就更是一个词一个词地切换与深入，从可原谅到不可原谅，背后隐含的是爱情世界里的步步退让与对方的变本加厉。作为一个时态助词，"过"意味着完成；作为名词，则意味着错误；作为动词呢，是过失的过程进行。荣荣几乎调动了这个词语的每一种词性，在时间和精神的双重层面，传递悲伤之情。有语言洁癖的写作者，往往拒绝重复，但是荣荣再一次选择了与大众背道而驰。

荣荣曾写过关于"看"的几首诗，几乎都关涉视角的转换问题，其中最惹人注意就是向内的探视，譬如："我看见自己在打一场比赛"（《看见》），"这个曾经的仰视者是否在更高处/俯瞰着天空并有了造物主的忧患？"（《看》）对自我的理解与分析，是她关注生活中的看天者、打篮球者而引发的沉思。她就是有这样一种能力，不仅可以增加词语的光华，还可以赋予万物以深情、深意。"我写万物"与"万物写我"的辩证关系里，体现的是写作者的表现能力。在荣荣的早期代表作《白洋淀》里，她就将"看"与"思"，或者说物象与精神，进行了高度融合。《在恩钿月季公园》这首诗，显然深得李清照"人比黄花瘦""满地黄花堆积，憔悴损，如今有谁堪摘"这类作品的神韵；《毛乌素沙漠》同样如此，毛乌素沙漠尽化为情感的附属，支撑着情感的脉络。这类作品是在托物言志，更是个人深情外显于世界。

荣荣的诗有一种保鲜功能，发展得很缓慢，自然做旧也慢，阅读便会生发新的慨叹。她拒绝了周遭消费世界的影响，甚至有时候还从传统中寻求帮助，来构建壁垒，抵御"风"和"乱花"的影响，坚持在日常生活里探寻"内心渴望的精神高度"。随着阅历和见识的提升，那些来自生活中的热爱与忧伤、温暖与绝望……都逐渐变化为理解、宽容和顿悟的原材料。她守住了自我，续接了传统，试图以自己的微光，照亮那些冷了的心、孤寂的梦，以及那份"不可描述的人间纯洁"。

目录

辑一 | 最高意义的欢乐　1996—2009

创作谈 | 远离现实的隐秘伤感

辑一 | 最高意义的欢乐　1996—2009

向 晚

此刻，从我等待的窗口望去，
新村的水泥道像一个短促的句子，
两旁的冬青让它肃穆，寡淡，
人们走过，他们脚步浅浅——

像一部无声电影，瞧不清内容，
只一二声吆喝传上来，突然得像
阵阵炸响。许多人推开窗
又关上："哦，这不是我所要的。"

那是一些充满期待的人，如同我。
一个男孩跑来，书包使劲砸着瘦瘦的腰，
也许在唱一首新歌，快乐让他想飞。
在一天将尽时分，他是不是仍需要照耀。

最后的阳光在新村拐了一个大弯，
努力跟着他，让我担心，
突出的难看的高楼会不会
蹩了阳光小心移动的巨大脚踝。

男孩在楼下叫妈妈，许多人打开窗
又关上："唉，这不是我的孩子。"
他奔跑着，未来展开一对闪亮的翅膀，
迷醉的空气在我眼里、舌尖 、心上。

1997 年 3 月 26 日

祖　母

近来我常常梦到你，
瘦削，焦虑，孤独，
黑衣服益发宽大，
追不上时尚的小脚度量着
缓慢的时间，转瞬即逝的温情，
拥挤的人群和短缺的物资。

时间的刀刃把欲望削减到无。
我们在长，那是蜂窝煤时代。
日子慢慢熬成一铝锅清汤，
你独自坐在厨房里发呆，
剥着豆子或出神，
听到脚步声总会一怔，
仿佛我们的归来并非你的期待。

我曾在诗句里让你复活，
并不优美的句子，
相衬着你脸上那点苍白。
那是不是真实的你，

找了很久，你还是让我无功而返。

我以遗忘的方式记忆你。
当你又一次站在夜里，
我摸索着墙上的灯绳，
四十支光灯下并没有你。
你从没存在过，或者，
你来过，又走了。
或者我就是你。

二十九岁守寡，
八十年后才走回所来的地方，
我无可奈何地看你老去。
那年我离群索居，
翻一卷没有封皮的书，
却一次次被你的声音惊起，
书页里常常有你的话语，
有时一句或两句，
有时仅仅一个词：好了。

1997 年 10 月 18 日

排　列

令人痛惜的一屋的表情！
从头至尾，一个虚拟的词，
在一张脸与另一张脸之间穿梭。
老花镜在台上，没有望见什么。
红头火柴在盒里，排挤又亲密无间。
茶水在杯里，保持着
杯子的形状，下一刻它少下去，
又被很快注满。在不同的手里。

那堵墙在移动，此刻停在一排旌旗上，
像一个老者躲在荣誉后面。
人与人是多么相同，谁更近或更远？
有时仅仅一个笑容，带出一个或一群，
或与此相关的一些事：
令人痛惜，不堪回首，
我曾经迷恋过谁，在哪里，
源于什么，如今也全部忘记。

1997 年 12 月 20 日

孕 育

我听见了空旷之上那种滚动，
像在不停地咆哮，巨大到无声。
这样的孕育锁住了阳光。
盲目的骨肉，漆黑的子宫，
又黏又稠的血像重大的创伤
凝滞着，天气转阴又转阴。

我没有准备好，我没有最好的
给你，一个闪亮的时辰，
让伸出的小手能触摸星辰。
只有死亡，她日益逼近，
深重的呼吸在地上画下粗长的影子。
我只准备了死，如何能迎接生？

时光错乱了。一支长笛，
被双重吹响，纤细的、浑厚的。
哪一种代表生或死？哪一种更真实？
一匹蒙着布罩的马，走在黎明的
巨崖上，一个孩子在问：

妈妈，什么是天堑？
是无法抵达吗？

疾病使我脆弱，如今更是你。
雨一再打湿衣裳，你栖落，
像一只迅疾的翅膀，你停留，
在我不堪重负的肩头，
缓缓展开的爱让我崩溃。

1998 年 2 月 14 日

回应的秋天

在秋天回应的是一株梨树，
它的甜汁上沾满了蝇。
还有一头蟋蟀，在那幢石头房子里
被供养，唱着重复的歌。
家就由门前的梨树，蟋蟀，
干枯的鱼缸，零乱的床，
油腻的餐具，撒谎的眼睛，
欲望的手，飞舞的账单
和千篇一律的日子结构。
此刻，它们全是这个秋天的回应。

除去忧伤便是快乐。
睡眠在一粒米饭边滚落，
又像一只猫缠绵你。
梦从水里游来，衔着预示的鱼，
许多的预示，那是天机。
闭上嘴吧，秋天在用风声发话。

也有事物在回应你，

疏落的信，离奇的造访，
飞来的午餐，稍现即逝的温情。
诗歌像落叶堆在院落，
在拐弯的风里一句句飞舞，
中间夹着清洁工模糊的抱怨。
你把去秋的草籽遗落在书页上，
浇上水，它们开始长绿，
它们看不到希望，自己就是希望。

有一个人也正在驱车前来，
他的身影与秋天重叠。
秋天还残剩多少时日，
你是否是他的回应。
他会不会在某个早上出现，
像一只熟梨升起在窗台。

1998 年 10 月 31 日

危　险

危险在于偶然飘落的树叶
带来的启示。
在于一阵穿堂的风，
让景物生动，歌声止歇。

从这头向那头，
一次艰难的迁徙。
一只蟋蟀，能有什么作为？
现在，它停在一粒石子上，
以帝王之尊巡视着。

危险在于那朵压得很低的云头，
越来越近的脚步。
在于领地上新来的那一只，
它张扬的歌喉孕育着更大的
灾难，此刻不能视而不见。

1998 年 12 月 6 日

爱 情

已有些年了，
我在诗中回避这个词，
或由此引起的暗示和暖色。
她是脆弱的，抵不住
一根现实的草茎，
又像没有准星的秤。
当我揉亮眼睛，
她的直露让我羞赧，
她的无畏让我胆怯。
我曾因她的耀眼而盲目，
如今又因清醒而痛楚。
这个词，依然神圣，
但对着你，我总是嘲笑，
我一再地说：瞧，
那些迷信爱情的家伙，
等着哭吧，有她受的！
可是，我知道，
我其实多么想是她，
就像从前的那个女孩，

飞蛾般地奔赴召唤。

1998 年 12 月 19 日

一个疯女人突然爱上了一个死者

这是始料未及的，
爱上一个死者是不是缘分？
昨天我撞上了他，
出丧的队伍前，他的相片
在走，面容多么亲切，
他冲我笑，对我说着什么。
别吵！别吵！
我听不清他说了什么，
人们却用石块回敬我。
他们疯了，这样对待一个女人，
他们是卑微的一群，
而他多么高贵。
直觉告诉我，他是
世间另一个孤独的过客，
我多么爱他，而他也是。
不管他多大，有没有娶妻，
我的心已被他揪走了。
就是他了，跟着队伍
我走了很远，谁也不能

将我从那里赶走。
我叫道：我爱他！
我爱上了一个死者！
爱情醒了，我多么幸福啊，
我的泪水流了又流。

1999 年 4 月 5 日

最高意义的欢乐

最高意义的欢乐总鲜为人知，
它藏得那么深，
像事物隐秘的核心。

我戴上各种眼镜窥探，
一次次刨去事物粗糙或坚硬的
外衣，却总被一大团
耀眼的光芒遮挡。

我所追寻的不是光芒，
但一定在光芒的背面，
沉静、平淡，从有趋于无。
我感觉到了，却看不见。

像一个失败者，
我的四周堆起厚厚的尘土。
经过的人说："瞧！
这痛苦的女人，一生都有在找
不存在的东西。"

我无力辩白，尘土封住声音。

人们在大地上移动，而我想上升。

越来越多的羁绊，越来越深的撕痛，

我想我抓住它了，它原本就是一个虚幻？

1999 年 6 月 20 日

一　天

一天从黎明开始，有时也会从
一只摸索的手指。它触到一些些
软弱，在梦的边缘，
有时触到一根微凉的臂。
这是开始的现实，而我
一再摸到你的脸。

那上面的冷漠是晨霜
一点点化去。理智醒了，
温柔醒了，亲昵的动作像晨光
穿透窗户。其中一定存在着某种虚假，
慢吞吞的时间却熟视无睹。

现在是夏季，炎热暴露了内心，
一天开始得是否会更早些。
我已习惯找人倾诉至深夜，
确信第二天仍会从床上
一跃而起，看到自己，
一个裸露的早晨。看到你。

那天我看到一个人，
他的一天从一碗鸡粥开始。
他是外乡客，一个呵欠，
滚过旅馆的红绒台阶向粥面升起，
汤勺里舀出老板娘薄情的脸。
他在微笑，他的一天就这样

开始。开始了便不会止住，
一种往前滚动的惯性，
把你我卷入，把许多人卷入，
也把这个外乡人卷入。
"啊，生活！"
邻家的鹦鹉又在大声学舌，
它的隔壁住着一位诗人。

1999 年 6 月 23 日

水里的阳光

不仅在地面，更向水里。
……进入，像打开幽暗的记忆，
捉住美妙的一瞬……

我看见了水里的阳光，
它更像是一种水草，
鱼啄食着，产下透亮的卵。

它移动着，有着鱼的心脏，
水的肌肤，淡淡的，
春三月荠菜的香味。

舀杯清清的水，
接住阳光，隔着玻璃，
耐心地摸到那份温暖。

或在水下张开眼睛，
微蓝色的，柔和地回旋着的。
它不再刺激你的眼睛。

这是认知它的方式：
白昼过去，它从水里抽身而走，
……如此轻缓，一点一点地，
仿佛母亲从睡去的孩子枕下，
抽回酸麻的胳膊。

1999 年 7 月 9 日

焦　虑

一次次醒在半夜，醒在焦虑里像醒在
废气中。试图推醒谁：你听到我的
呼吸吗？一个世界背转了身，
没人看见她着火的咽喉。

一生总有那么几回，这次是不是终结？
发烫的手擦不尽的汗，一只惊惧的猫。
"我摸到了焦虑，它是
立体的，旋转着的。像一块

灼红的炭"——小时候一围坐炉边，
就会有一封令人不安的信到来。
那是远方落脚的亲人，这个或那个，
"我在这里很好！" 她大声地念

来自亲人的一句句善意谎言。
并非不能理解，但为何
想起这些——就在现在。
"我很不好，也许快要死了！"

一个近乎疯狂的女人，
一个让人口干舌燥的字眼。
深夜的新村街头，谁在归来或离去？
窒息。窒息。窒息。

一次次梦回，答不出的试卷，
等不来的车，走不到的家，
月光让人心空旷，她就在空旷的中心，
如此焦虑，不安又惶惑。

总有一天会不同吧，
也许醒在水里或别的球体上。
她蜷缩如一个胎儿，
"我要远离，远离……"

2000 年 6 月 2 日

投 奔

一张简易地图，两袋速食面，
她在一条叫合肥的单行道上左顾右盼。
她的身躯庞大，每一步都在复述，
这个街名，那是她和她的孩子，
整个未来都高隆在腹中。
她在街心走，分开晚凉的风，
温暖着路上几星寥落的目光。
霸气的是漫天降落的暮色，
模糊了路牌，把窄街撑得肥实。
合肥合肥，哪里是你的尽头，
而她更要去哪里？
店铺的卷门一扇扇合上，
她仍像一个伤口兀自裸露着。
感觉孩子在踢腾，
一下，又一下，
这让她有些慌乱和无助。
她迟疑着，停下，微仰起脸，
——幸好，街灯适时地亮起，
还有熟人般突然冒出的旅馆。

亲爱的旅馆，今夜，
一个完好无损的准妈妈，
将一个家，寄存在一条叫合肥的
街，街中心那家旅馆，
旅馆服务员那令人腻歪的笑容上。

2000 年 6 月 14 日

匮乏的春天

在物资匮乏的年代，
春天还是带来了一些东西。
比如屋边墙角，
青草细密得如同一篇怀旧的
蝇头小楷，蚂蚱会突然
停在空中，它的青绿在渐渐转向

泥黄，一丝淡淡的黯然。
远处的那抹云彩，
在很轻微的风里消散。
一只早春的燕子飞过，
翅膀剪开内心的寂静。

孩子穿着朴素的旧衣，
木壳枪缀着闪亮的红缨，
他的眼里有蚂蚁一行。
那是他精心饲养的军队，
此刻，那帮兵们正集体背负一只绿蝇。

午后的宁静随阳光移向
石阶，晒场，河廊，
月季花旁，彩蝶在更静地欢呼。
邻居的宝贝追赶自己歪斜的影，
细弱的短腿跑向巷子深处。

不远处，河水涨上来了，
够着了嬉戏的蜻蜓，
和窗前那双张望的眼睛。

2000 年 9 月 9 日

有关邻居老木的一首诗

他把魁伟和敏捷一点一滴丢在
岁月里，就像那些希望。
他一生都在诅咒命运并承受着，
刚刚皈依佛门，祈愿往生极乐。

五十九年了，时间总显得迟缓，
像他一样小心翼翼。
似乎一成不变，直到最近，
他突然消瘦，乏力，晕眩，
那么快，一阵风似的。

他丢开布满阴影的肺，
丢开他的烟，他的行走，
丢开他的想，他的贫穷，
丢开各种针剂药丸和
那些情感（成分总是可疑）。

丢开痛，灵魂里最后的灰暗！
他空洞的注视像两管锈蚀的枪筒，

架在被摧毁的意识上。

没有什么可再丢的了，
一切准备就绪。
现在，他轻盈无比，
慢慢将身子弯成一张弓，
他就要将自己射向永生。

2004 年 1 月 22 日

抓　紧

"还有多久？还会有多久？"
一定会有人像我一样，
他们紧张地集聚在一起，
议论着行刑队与时间。

残败的眼里春天多么荒芜，
绿色繁衍成障碍。
老去的床被火收留，
疾病或衰老在里应外合。

那么，抓紧吧。
抓紧雨水的根，一朵花的呻吟。
抓紧孩子的手，延伸的快乐。
还有令人惊讶的激情，沉沦的美好，
一点点的宽容和放纵！

"哪怕只有一分钟！"
风还不想停止，把落叶往前挪移。
如果就要跌落深渊，

抓紧啊，这迷失之前的晕眩。

2004 年 2 月 28 日

三八妇女节

她的嗓子哑了。
那么多年，
她仅仅说了"平等"，
还没顾上说"相同"。

他才使用过的拳头是肿的，
现在，他在阳台上安慰一只猫。

那只猫刚被一只老鼠愚弄，
一道溜掉的点心。
这是不被允许的！

她走在大街上，
她，无数个她。

市场上空一架飞机掠过，
接着是一只鸟。
隔了很远，
我们看到两个一样的黑点。

2004 年 3 月 2 日

看　见

我看见自己在打一场比赛，
来回奔跑。
一次次接发自己的球，
也一次次愉快地失手。

没有人替我助攻，
也没有谁站到我的对面。
就像许多回不假思索地转身，
看见我把自己拎在手中。

那总是些情绪激扬的梦，
我穿着中性的衣服，
羞于确认自己还是女人。
我不会再被谁带走，
也不会再被谁丢弃。

我无法停下来，
我发现幸福就是一只球，
我要独个儿把它玩转。

2004 年 11 月 17 日

双人床

整个晚上，
他们一直在那里搭着拼图。

起先，他们平躺着，
保持着铁轨的距离。

慢慢地，身子移动起来，
先是左边，然后是右边，
我们看到了一双略微参差的筷子。

有一会儿，他们胶合在一起，
一架推进中的火箭，
为什么突然熄火？

他们执手而眠的图案，
是一只易碎的瓷瓶。
而当他从背后把她揽拥，
他们成了两条静止的波澜。

可总有什么还不妥帖，
左边的人儿翻了翻身，
接着是右边的。

后来，他们是两张相悖的弓，
被睡眠拉得满满的，
他们想把自己射向哪儿？

这个图形保持得更久些，
直到各自奔波的白天逼近：

"一个晚上我都睡不踏实，
做着分离的梦……"
"唉，我爱你总比爱自己要多些……"

2005 年 1 月 31 日

钟点工张喜瓶的又一个春天

多么和气的阳光！随处是
撒野的鸟，自言自语的树，
连一块石头也渴望膨胀。

她仍把自己放得很低很低，
比世俗的生活更低，
低到不再抽绿，开花，
低到尘土里，一只跑动的
蚂蚁，追赶着她的温饱。

手里的布也许是她旧日的纺织，
她擦拭掉的灰尘堆积起来
却高过春天。
温情和爱情一样遥远，
未来如同疾病，让人心惊肉跳，
日子的压缩饼干，她还在费力挤压，
必不可少的热量，可有可无的营养。

钟点工张喜瓶在又一个春天里，

快速地移动着，一只茫然的蚂蚁。
楼越爬越高，车越来越挤，
搀扶的病人越来越沉，
时间被她越赶越紧，而她拉下：
七八十年代的衣着，
五六十年代的劳作，
三四十年代的脸。

2005 年 2 月 1 日

"谢天谢地，青春终于逝去……"①

"谢天谢地，青春终于逝去……"

我站到一个起跑线上，

我，他或她，还有许多人。

一些因素已被忽略，而这之前，

那么多东西使人黯然：

爱情，曾经的贫穷或不幸。

很多人早早地学会沉默，

伤痛是陈茶叶子留在杯底，

而蔑视，远不是办法。

谢天谢地，我终于能停下来，

看见一马平川——那是中年的

风景，软底鞋和休闲衣裤，

心也随之宽大——谁在乎我曾经的

遭遇，谁还在谈论我的美丑表情。

我平静地跟他探讨幸福，

现时快乐和终极目标，

没有闪烁其词，没有变故。

———————————

① 引自俄罗斯女诗人英娜·亚历山大罗夫娜·卡贝什的诗句。

谢天谢地，时间这块最烂的泥巴，
模糊了许多东西，抹去了那么多不同：
早已腐朽的不朽，转瞬即逝的永恒。

2005 年 6 月 14 日

过　去

"她有过去。"
这话十分隐晦。
所以音量总低低的。
内涵随话语场景而变。

"有过什么？"
好奇的人在她背后。
耳朵坚挺。"什么
时候？地点？人物？"

他们拿着不眨眼的刀。
脆弱的总被深究着的女人啊！
那些经历。那些难以启齿。
那些疙疙瘩瘩。
沧桑被更深地刻在了脸上。

一只只色彩浓郁的螃蟹。
许多添油加醋的小脚。
不仅仅在这里。

全世界都如出一辙。

她有过去。但谁敢说没有？
意味的石子随意飞翔
有的逼近真相
更多的远离现实

2005 年 8 月 16 日

生同衾　死同穴

除了小和缓慢，
她也是易被伤害的。
一只蚂蚁。

而他是另一只。
当她的梦想让他黯淡，
他也是强悍的。

一对生活的冤家。
她的春潮他的寒流，
但表面的和解比逃离来得更快。

她内心的背叛，她的泪，
他的木质刀柄，他的痛。
那些锋刃很少被人看见。

他死于劣质烟酒，勾兑的
激情，无常的起居和猜忌，
而她死于柔软的伤害。

2006 年 4 月 25 日

李清照

容颜有过，细腰有过。
锦衣有过，玉食有过。

豪放有过，婉约有过。
小酒有过，声名有过。

爱有过，恨有过。
国破过，家亡过。

由富贵而贫穷有过，
由安逸而颠沛流离有过。

黄花有过，瘦有过。
飘零有过，愁有过。

每况愈下的抒情女子，
她的孤苦，声声慢！

2006 年 5 月 12 日

紧　张

吃饭的队伍唱着歌跑过去了。
游戏的队伍唱着歌跑过去了。
戴花的队伍唱着歌跑过去了。
骑车的队伍唱着歌，也跑过去了。

还有探险的队伍，扛枪的队伍。
遛狗的队伍，读书的队伍。
他们唱着歌，都跑过去了。

又跑过去了圣徒的队伍。
紧跟着他们的也许是白天的
队伍，也许是黑夜的队伍。

又跑过去一个写诗的队伍，
——只有他们是沉默的，
他们写出的歌，正在别的队伍里传唱。

跑过去了跑过去了，
我的小屋前堆满了扬起的尘土。

我眼睁睁地看着他们跑过，
天就要黑了就要黑了，
焦躁的心在原地打转，
一只被鞭打的陀螺。

2006 年 5 月 19 日

柳营小语录

柳营说：

"你们老女人毛病真多。"

"为什么不能越老越值钱？"

柳营说：

"其他不重要，你的好意温暖。"

柳营说：

"写作是阴性的，

男人应该干点别的。"

柳营说：

"写了一辈子垃圾的人就是垃圾！"

柳营还说：

"要保持心灵的宁静。"

"读那些与内心相通的书。"

柳营强调说：

"要普及佛教！"

这娇小的女子说的时候，

我正盯着一个女人的背影，
——唉，走样的生活，
也没什么太大的秘密！

2007 年 9 月 28 日

桃花劫

突然，有人问起我的桃花。

一辆灰扑扑的车斜插过来，
我急踩刹车（那年的桃花
扑到窗前，情多最恨花无语，
三分春色二分愁。）

无边无际的艳丽，
无边无际的怅惘。
一个顽固的抵制者，
多情的剑刃无情的盔甲。

总会有一朵，为我不着边际地开吧。
就那样开着好了。
人生不相见，动如参与商。

2007 年 11 月 4 日

一个半小时

拉拉衣袖，离开工还有
一个半小时。她逐鸟出笼，
将阴凉里的藤蔓搭上墙头。
正午的阳光够酥够浓，
她专心地做这些事，
天性的笨拙不许她心无旁骛。

——那天他看了看表说还有
一个半小时，还能做一件事。
他望她，暖暖的笑不容分辩。
窗外的夜色行进得多么从容，
他小心地剪开一只蚕茧，
她看见了一对安睡的翅膀……

2007 年 11 月 13 日

从　轻

有一阵他迷上了麻将，

　"晚上开会。" 他溜出家门。

十三张牌，十三个唯命是从的小弟。

但运气是难以捉摸的飞鸟。

现在他迷上了一个女人，

　"老婆，我去搓麻将！"

夜幕将他的脸拉得严实，

他落落大方，后面跟着偷偷摸摸的小狗。

2007 年 11 月 13 日

鹊航或说说而已

他揽了很多活，
那些活总会是大堆的沙子，
从中他要淘出一张往返的机票。

而她干脆就想做只鸟，
由西北而东南，
去那边的海滩烤暖一根羽毛。

说好每月一次，
说好乐此不疲。

2007 年 11 月 14 日

妇人之仁

杀鸡取卵炖汤，
掸灰抹尘，对付野蛮的蟑螂。

闲时描金锈银，
绿肥红瘦，也不荒一院的花草。

他在外面操劳，车水马龙，
她递茶端水，空怀仁厚之心。

安逸是一只眼前飞舞的蝶，
没有颜色的女人总被温情遮蔽。

回家，回家，回家，
一次次将生米煮成熟饭。

居家之爱，可爱，非常爱。
妇道之道，可道，非常道。

2007 年 11 月 14 日

分解和弦

太高亢了，请将它们分解，
请一个音符接着一个音符。

要清晰！这并不困难，
就像出门的那场雨，
在长久的沉郁之后。

江湖太大了，
女人的江山小到一枚硬币，
小到她只能私守一处。

那些笼里的鸟叫，
那些掺和在风中的犹豫脚步。
而情话越来越是瘦腰的，
更像是对青春的抱怨。

但是别停下你的手指，
我仍愿是那个恍惚的歌者，
一个词接着一个词。

想你，各种各样的想，

一杯酒和十杯酒的想。

2007 年 11 月 25 日

心神不定

此刻，灯光加深了她的荒凉，
他的亲吻几次落向虚处，
沾满了光的碎屑。

该放弃了，犹豫是悬空的石头，
砸到暗中的呼吸，温存和火。
一块还在冲洗的浴巾，
漾出的水声湿了夜半。

他远山远水的醉和恍惚，
她远山远水的冷和弥漫。
一句半句的委婉，
一点点的颓败和疯。

至少不要深入吧，至少！
让日子虚掩着，开开合合。
他是她来来往往的小宝，
她是他朝朝暮暮的寂寞。

2007 年 12 月 10 日

类　似

她身体里长久关闭的一些器官，

他曾试图打开。

他劫掠了她两天还是三天，

一个糟糕的入侵者，

如此认真，谁也不想打扰，

这不是双臂可以控制的距离。

但已不能再近了——

从褪下的外套到她的裸露，

他爱的样子歪歪斜斜，

却一路小跑，耐心地搀扶她。

足有一分钟他啃着她的耳朵，

喊她另外的名字，一个新的女人。

她是谁——

其时他像一架点上火的老式机车，

落叶无语，大地萧瑟，

他在费力地爬坡，爱情想迎头赶上。

2008 年 1 月 31 日

阿拉伯餐厅

他够味，她够靓丽。
他无意义的痛苦，她失而复得的快乐。
"没有什么是唯一的主宰，
除了安拉……"
一只蚊子将自己引向那排
阿拉伯美体字，一幅暗中的图画。

异域菜肴的美味，是唯一明亮的温柔。
不用克制，不必忍耐，
今夜她只是自己的陷阱，
而他更像一个温暖的发光体。

浅尝辄止啊，别试图深入，
她按了按裙子，又一次跑去洗手。
一杯果茶，在人前保持着一份
青红皂白。

2008 年 6 月 25 日

宿 酒

最后那杯酒倾斜了满天星辰，
她就在那杯酒里，
她就要够着那份辽阔了。

而他在躲闪着醉意，
一只被握的手也在躲闪，
一只被握的手承载了太多内心的火。

有什么在同时升温，
暂且偏离了日常零碎，
多少无法确定的欲望被激活。

像春夜里的一场假寐，
那样的缱绻，幽深，静默。
她与他，谁看上去更加漫不经心？

但爱情总要靠左一点，放纵却
拐向右边，中间是一杯隔夜的酒。
她想袖手，他不旁观。

2009 年 4 月 13 日

明月几时有

如果事物有可能孤立，
她将独饮一生的流水。
高潮不起的曲折也就两三年吧，
从阁楼上惊鸿的一瞥，
到闺怨，泣血，侍儿长扶不起。
一只背阴处的飞蛾，
不比想象的光明来得长久。
其间，她深入一面古镜，
看千回百转的鸟，
被捉摸不定的手一只一只拍散。
其间，明月会闪烁其词，
桃花与柳梢更像是隐喻，
她的恍惚向后世传递着，
仿佛逝水洄游。

2009 年 5 月 18 日

我要沉浸在他无限的依恋里

我要沉浸在他无限的依恋里，
五年，十年，或更长？
在许多女人争夺他之前，
这个小小的男人是我的。
在许多女人争夺他之后，
我仍将在他心中。
当他望定我，纯粹，单一，
那些时刻，时间也假装静止了。
他许诺我一个世界的黄金，
这世俗的许诺，
成为苦难人生最大的救济。
泉水——
这是我最想送他的比喻，
他嘴唇和心的柔软，
他灿若星辰的眼睛，
夏夜里光滑沁凉的肌肤和
哗哗的笑声——
呵，那是比泉水更洁净的！
但爱终究是为了忍受分离，

就像泉水淌向远方。
趁未来还在百里开外，
趁那些女人仍在日夜兼程，
我要沉浸在他无限的依恋里。

2009 年 7 月 6 日

湟源明清街听花儿

突然就被打动了，
这场直接的花雨突然就湿了我。
这绵延逶迤，这悠扬高亢，
我仰起头听，我必须仰起头，
小小的爱情原来也有高山的巍峨。

突然羞愧于我和周围人的枯干。
有多久了，我们一再回避
内心的清澈，一再地停下来，
穿着现实的外衣，在暗中怀想。

其实我们也可以让马儿
纵情地跑，花儿自然地开。
情不自禁——一个多率真的词！
想拉手就拉了，想爱就爱了，
也许在前朝，我们就这样做了。

2009 年 8 月 12 日

水井巷

上午十点的水井巷像一只被阳光转动的万花筒。

"你们女人就喜欢零碎！
小手势，片言只语的温暖，
点滴的记忆或片断。"
现在是满巷子的藏饰。

看上去真的很美！
这是日常里朴素、廉价的部分。
这个外省女子在这里拼凑着
对于西北的理解。

她不喜欢讨价还价，但必须
忍痛割爱。在生活的另一面：
"我喜欢零碎，你就是我绝望的零碎！"

2009 年 8 月 13 日

七 夕

被爱情迷醉的人多么危险，
阻止她，赶在传说之前：
阻止她的张望，
那一眼，她就要望见爱情了，
然后向下向下，
一只决然的鸟找寻另一只，
然后栖落，在那个春天里。
阻止春天，它让短暂的幸福显得具体，
也要阻止门前的槐树说话。
阻止一对花烛的泪水，
阻止手中的布匹展开命定的花纹，
阻止她的真火，他被唤醒的火山，
阻止破碎阻止银河浩荡的伤心。

2009 年 9 月 4 日

实　况

他远山远水的沮丧令人心疼：
"我是六十年代的，是不是老了？"
"近来我失眠，我想我爱上你了……"
"你是我能抓住的最后激情……"

"唉，你何必那样！"
软弱女人的翅膀也在九天之外。
但始于想象的，也将终于想象。
"爱就是孤独，熬一熬天就亮了……"

2009 年 10 月 28 日

辑二｜心舍利　2010—2015

消 失

衣食无忧的日子还能多久？
譬如衣冠楚楚的一场聚会，
他抽身隐入暗处，我们继续。
谁也不再是第一个退场者，
也不会是最后一个。
醉得一时不醒，醒得渐入幻境，
酒菜凉下去了，仿佛被青春挥退的激情，
享乐主义的胃，仍在消化余生的欢娱。
他的爱恨变成传说，他的文字不再真实，
他的阴影留在不着边际的悼词里。
现在，他是纯洁的，
他的谎言已圆，正站在虚设的高处，
像善饮者一样被一杯杯追捧。

2010 年 1 月 17 日

暧　昧

她的暧昧有一些不为人知的落点，
她总在设法躲避，
当黑夜卸下所有装束，
她辗转反侧的睡姿，
让孤单的梦朝向多个方向。

她的诗句因此是忐忑的：
那是对心仪事物的量身定做，
那是某些场景里的迷醉或幽深。
"这是确定的吗？我并没打扰什么。"
这一厢情愿的长短宽窄，
这总被蒙尘的汹涌。

2010 年 4 月 12 日

白洋淀

她要坚持辽阔，坚持绵延，
坚持苇草的肥美，坚持诗意的清澈，
坚持让她的人民拉网捕鱼，丰衣足食，
坚持让水鸟的鸣叫不变成饥啼。
为了那份久远的柔美和荡漾，
她还要坚持将有限的水尽可能地铺展，
坚持浩荡，坚持沁心入肺的湿润，
让回乡的人老泪纵横，让过路的人纷纷沉醉。
这是多么艰难的战役，
她必须比全球性的干渴跑得更快，
跑过贪欲的子弹，挥霍和掠夺的炮火。
她必须自我克制，隐忍，
避免纷争，避开眼前利益。
她要坚持一份长久的理想，
我说的也是一个坚韧男子的品格，
我说的也是一个朴素母亲的情怀。

2010 年 5 月 22 日

在黄河中下游分界碑

她那么容易地失控。
水总是借势而行，
太多的美却需要束缚。

他并不只想争一日风流，
黄河之水天上来，
在这里也稳不住脚步。

突然就碰到一起了，
突然就分出了彼此，
一些事物便无法掩藏。

之后也许会一马平川，
之后也许仍沃野千里。

出星宿海入渤海，谁为谁一路跌宕？
"你终究是我放不下的黄河！"

2010 年 6 月 12 日

假想敌

像所有风声参演的苍茫剧，
逝去的爱情这无意义的波澜，
只赚足了他今生的眼泪。
我想象着她的出场，
想象她妩媚地向他转身，
煮酒焚香，风生水起。
想象她如何占据山头压制群花，
又如何反复——
"为何你要迷恋虚拟的事物？"
"什么样的生活才是纯粹的？"
想象她如何抢先一步爱回自己，
将他从盛世拉回颓废。
想象她的美艳长久地弥漫，
她的焦灼和悔意又如何突然变成了我的。

2010 年 6 月 28 日

在南方

在南方，道路四通八达而心灵
并没走得太远，
许多事物仍然朝向它的反面：
我看见植物浓烈的体味，
让一些昆虫走开，
开得太久的花，谋杀了果实。
看见专注的目光，
长出南辕北辙的荒草，
雨水之欢的腰身让人性闪失。
看见太多回乡的人，
失陷于漫长的虚幻……
只有突起的狂风在强调秩序，
让空中行走的人落向地面，
将水底的星星吹回上天，
仿佛它才是这里的觉悟者。
在更阴郁的一面，
已逝者在窃窃私语，
眼下，他们已洞悉了更多的秘密：
"庸碌的生活　实在没什么特别之处……"

"看上去多少已有些不同……"

2010 年 7 月 13 日

天　山

有哪一片风景能如此对应内心的波澜？
你的冰川雪岭，你的飞沙走石，
你一望无际的大漠与戈壁。

大风吹过零落的毡房，成群的牛羊，
吹过悬河，孤烟，无尽的干渴，
有了二千五百公里的苍茫。

水跑过如此的际天沙尘，
这些沉重的，没有河床的水，
也历尽沧桑。

你苍天下的静默，孤立，
你不被呼应的无边起伏和绵延！

2010 年 8 月 22 日

零 食

这么多年她不老的秘密，
竟在他那些随意之举：
言语里的温暖和不舍，
亲昵的动作，眼里突然蹿出来的火，
宽厚手掌里的糖果和被喂的甜蜜……
像贫瘠之地的淘金者，
她努力挽留并扩大这些柔情，
一一收藏，暗中欢喜。
这些细枝末节，这些遥远之处的蝶翅，
并不构成更多的现实。
但这一切仍是暧昧的：
"我只是享受，并没有回应。"
"我只想持续内心一份隐秘的渴望……"

2011 年 3 月 9 日

有 时

有时他们也作乐也欢呼，
他们共同对付一个孩子，
这是全部的生活，为什么还有混乱？

那个误会太深的人已潜入内心，
转暖的日子里又一次长出的羽毛，
像期待深入的细密话语。

究竟还会有什么？能有什么呢？
欲罢不能的欲望，
是架向空中的阳光梯子。

——她努力忘记那些不快，
忘记器具背面堆积的灰尘，
和反复时光里的反复厌倦。

他一次次走开又回转，
也许只有在女人身上，
他才会有片刻真实的停留。

他们在暗中相互摸索：

"再说吧！如果我能活得更久。"

"再说吧！如果我不再是你向阳的一面。"

2011 年 4 月 28 日

爱相随

对于两只凄惶的小鸟，
天空的住所太过阔绰了，
一个枝头就能屏息敛翅，
一片叶子，足够遮挡眼前的黑夜。
但为何还要哭泣？
一只尽量收住内心的光，
而另一只又往外挪了一点：
"如果没有更多的空间，
至少，我要先你掉下来。"
一场共同完成的爱情，就是沉浸，
就是相互的绿和花开。
无法回避的凋谢，也必须分享。
"你疼吗很疼吗？"
"对不起，我只是停不下颤抖。"
等一等，但一颗流星还是滑落了，
匆忙中照见了它们暗中的脸：
一只百感交集，一只悲从中来。

2011 年 5 月 1 日

心舍利

多少年了，她用黑夜追着他的星光，
当他猜忌，挑剔，使小性子，
她也正在猜忌，挑剔，使小性子。

"神啊，愿他是完美的。
不猜忌。不挑剔。不使小性子。"

"神啊，如果这辈子他无法完美，
让我继续迷信他的不完美。
无限依恋他的猜忌，挑剔和小性子。"

2011 年 11 月 3 日

痴　迷

我没看开的光景一遍遍勒索着内心，
它耗尽了我力气和耐心，让消亡提前上路。
我有的是流离失所的爱，
有的是骨肉撕痛和分隔。
为何还不释然？
你走了很久，我仍没有流泪，
悲伤太高远了，眼泪要翻山越岭。

2012 年 3 月 2 日

安　良

他为他的暴力准备了一个夜晚和一百条舌头，
她却只有一个闸门。这个被说服的人，
有太多的不安需要走过一场风雨的飘摇，
走过激情的纵横和共有身体里的几副灵魂。
此刻，院墙外花朵的凋零更像是一种飞翔，
那只任性的鸟却突然停下来，
看他的爱如何抵达她的腰部，
也许还要向下并再次相互确认：
她是他的良家女子变质，
他是她的良辰美景虚设。

2012 年 4 月 7 日

诉　求

有人形容她年轻时的际遇是
没有及时收起的庄稼又遇上坏天气，
现在是一句走调的唱词。

如此，请允许她在内心藏一匹烈马，
当它奔跑，嘶鸣，蹄声激烈。

她放任之手仍来得及丢开早年的
孤寂，那洁净之源。

2012 年 5 月 8 日

湘湖书

她眼底的湖水也有回廊亭榭，
也有曲堤蜿蜒，波光潋滟。
他绕湖三匝，想把自己绕进去。

深藏风暴的男子，
带来远方潮水的汹涌。

止不住的是湖边晚秋的桂香，
止不住的是眉月柔情下一湖的回荡，
还有她单薄衣衫下的慌乱。

她在湘湖边回信，
说到低处的湖水和高处的爱情，
说到一次体力不支的爬坡。

说到轻风微澜和中年的相思，
说到湖边草径上漫无目的的散步。

2012 年 6 月 7 日

背 叛

那些无可奈何的花开败了，春天仍要在别处继续。

"世界是过程的集合体。"
唯物者说：谁都处身于
联系，运动，变化和发展之中。

他不由自主地走了，他要赶着春天，
去别处刨坑，让剩余的种子发芽。

或者，他要追赶另一场雨水，
接不住的雨水，多像一个女子夜半的哭声，
也将随着云朵转移或者飘逝。

而她守着抛荒之地，
守着欺瞒背后痛苦的坚持，
她有止不住的眼泪和彻夜不眠的星星。

还有唯物主义的诘问方式：
什么样的动机参与了具体的背叛？

肉体在其中又有怎样主导的意义?

2012 年 8 月 9 日

声声慢

她一个人流落江南，梧桐更兼细雨。

一个人守着窗儿，看天色慢慢转黑。

一个人把盏，暖更年的肠胃。

一个人填词，押孤苦之韵。

破落朝代里的落日虚空，

时间却仍在掠夺，每天带走一些什么。

她一个人收竹帘，闭门户，

黑灯瞎火，懒得洗漱，

一个人翻来覆去，碾了骨头痛着肉。

这也是荒凉晚年的开始，

如此的落花流水，一个人的声声慢。

2013 年 1 月 18 日

生物概念

他爱她的青春，如果她是美的，
她又被爱一遍，像是有了另一副子宫。

这让她相信，在小腹正中，
她曾经的身体藏过两座宫殿
膀胱在后，直肠在前，
她的盆腔也能虚度光阴。

并积满了灰尘，看见孩子就疼。

2013 年 1 月 22 日

一只旧鞋

一只旧鞋保持着一只脚的形状。
一扇窗栅，残留一道浮光的滑梯。
一床被子，有两个分散的人形。
一件睡袍，正穿上晚凉的风。

包括那只已被驱逐的鸟，
仿佛仍在笼中，叫声编织着栅条。

——它们都被先前的形式所困，
而她也置身其中，狭长而幽深，
黄昏纵横处一缕被束缚的雨水。

2013 年 2 月 1 日

场　景

两人的对错，如何当着第三者？
突然挤入了第四个。

玻璃门张了张嘴，
又吸纳了多余的一个。

太乱了，她心里憋着一群白鼠，
一张嘴它们就要破口而出。

就要吱吱乱蹿，
这也是她冒犯世界的方式。

这残旧的残旧的世界，
路横东西，她的颓废坐北朝南。

2013 年 3 月 21 日

亡我之心

揽镜时分她陡起杀心：

干掉这双脚，前脚之深后脚之渊。
干掉这双手，这霜打之枝，
不久前还在触摸云彩。
干掉这个身体，它在旧衣裤里窝藏了
无边的虚空，居无定所之心。

干掉她，干掉这镜中之人。
她嘴唇荒凉，眼神冷漠，
仿佛已死过几回，
下一刻还将去涉险：
晚来雨急，野渡舟横，
她危险的腰身里装满了自戕之酒。

风大了不打旗，月黑了好出手。
干掉她，当死亡也是一种依靠。
干掉她，趁她仍在镜中。
人到半百，她想干掉的正是她之所爱，

她厌倦的一切与她的面目相称。

2013 年 3 月 27 日

时间碎片

她所理解的时间碎片更多的是那些无用之物：
镜面上的斑痕，眼底的杂质，
脏器里的小结节和血液里
清除不尽的淤积物。

也有另外的堆叠：
纷乱的场景，太迟的悔悟，
黯淡辰光里那些流逝之物。
而消极的回忆和意志，
让脚步一再迟缓，甚至停顿。

仿佛身体里建起了密集的站台，
她努力审视着过往，似乎在重新挽留，
一个时光的梦想者。在那里，
她一次次找回失散的亲人和他言辞里的里程。

2013 年 4 月 1 日

过 错

她的体内藏着一个巨大的过错变成的飞蛾，
她的体内还藏着一把火。

"我愿意毁灭！"
这是她自我惩戒的方式。
如果你是那个引火者，你也不会听到
一个缘于完美的毁灭者的内心号叫。

2013 年 4 月 15 日

是回忆的声音

是回忆的声音，像秒针，
划过寂静的水面。

是雨点，松弛的夜色和
花园里浮滑的灯光。

似乎有薄雾在暗中穿行，
一只摸索的清凉之手。

我再一次醒来，
我的醒像多年的芥蒂，
布满他独自沉睡的缝隙。

2013 年 8 月 10 日

仪 式

要有一个俩人的宗教，
他是她的晨钟，她是他的暮鼓。
要有秋风，茅屋和一次真正的绝望，
印证人心的脆弱。
要有一场场简短的性事，
她虔敬向上，他五体投地，
还有见证者心平气静的沉默或反对。
这样，他们才互为花朵在大地上行进，
并共同完成被磨损着的爱那凋谢仪式。

2013 年 11 月 9 日

梦 见

我梦见的这个女子是焦虑的，
她急于见某个人，却丢了地址。

"你确定，他也想见你？
你确定，你准备好了吗？"

她提着旧抹布一样斑驳的心，
仿佛提着一生的积蓄。

"我确定。时间不多了。
我想再次被爱，或被抛弃。"

2014 年 1 月 3 日

我如此热爱它绵柔里的筋骨

我如此热爱它绵柔里的筋骨，
爱它维系的悲伤或下一刻的移情别恋。

这只穿过多年风暴仍抓紧内心狂草的手，
这只在别处翻云覆雨，只给我晴朗的手。

这只拉我入怀，又将我推开的手，
这只挡我视线，又替我描画天地的手。

这只挽留的手，说着再见的手，
当它揽过我身子或像柔风轻拂我脸，

我看到了它真实的怜惜和克制，
看到了一只手迷人的灵魂表情。

2014 年 2 月 3 日

五节芒

杭州湾湿地那大片的五节芒，
带着秋冬的肃杀之气。

如果没有足够的苍凉并为之战栗，
我不会长久地爱抚它们。
不会将被它们割伤的风的皮肤，
移植在内心，让一种痛抱抱另一种。

2014 年 2 月 4 日

五 行

她褪去的内衣里有月光和水声，
有六楼或八楼的暗，有羞愧。
爱情越靠往心灵越是勉强。
那个夜晚，她身体里的零碎散落于时间的
褶子或凹坑，仿若失事现场。

2014 年 2 月 13 日

现实之伤

仿佛虚幻之爱的现实场景，
他殷红的嘴唇放任于夜晚的闪电，
她身体的废墟上滚过雷声。

如果不是他眼里长久禁锢的栅条，
如果不是她舔着的疤痕，
他们如何能亲密无间？

他是否也是你懈怠身体里跑出的疯子？
此刻，他们用无视嘲笑我们，
用更亲昵的动作蔑视我们的禁忌。

你和我，两个软弱的旁观者，
一把匕首，刀刃在我手心，
你不停地转着刀柄，你看见我在流血。

2014 年 3 月 4 日

油菜花

这些执着而奢靡的花像要一直开到天边。

春天的挥霍也能如此美好，
怀着伤痛的人仍小片小片地
看过来，仍在一朵一朵地欢喜。
并久久盘桓，像沉浸于一个
因爱而辽阔的巨大眠床。

他试图再次融入。而这之前，
他将脸深埋于令人眩晕的气息里，
他的身子因无法自拔而幸福地战栗。

2014 年 3 月 30 日

不仅仅这一分钟

街角报亭撞见的慌乱，寂静的铃声，
见面时没完没了的雨，
他闪亮的肌肤，汗湿的内衣，
她的惊乍，突然的烦躁或伤感。

回忆维持它零乱的呈现，
需要摒弃的将是更完整的现场。
哦，已经很多了，还有那么满的怀抱，
温柔的凝视，小心的触摸。

"多少夜晚我无法专注于另外的事物。"
"如果你身陷黑暗，我也不要烛火！"
幽暗的长廊里风穿滴水，一次又一次，
灵魂里更多的疼痛被肉体之吻唤醒

2014 年 4 月 23 日

虚　拟

像熟过头的庄稼那么不安，
像丢失了花朵的花园。

我的不安是不被安慰的肉体和灵魂，
它们会起得更早，两只被梦憋醒的小鸟。
我的不安是没有遇见上天允诺的你，
那唯一明确的你。

或者你出现过，却没为我停留。
或者你在更远的乡下或更大的城市，
正好错开我不紧不慢的日子。

或者你压根就不想出现，
那些凝视过我的急迫或惘然的眼神，
不是你的凝视。那些被反复折页的书，
只为了虚拟月亮的情节。

2014 年 5 月 28 日

仍与身体有关

那个旁观者轻易挖出了她眼里的火,
那个过路的人带走了她血液里的睡眠。

如果她说出,那是她的唇在渴望,
如果她想,那是她的心在撕扯。

总有那样的时刻,她会按捺不住,
太多的酒烟与她的五脏有仇。

如果她在,所有的悲凉仍能肩扛手提,
如果消失,她只想藏起身体里千疮百孔的夜晚。

2014 年 5 月 30 日

只不过

到现在还不是修行人，
还不单身，还被爱着，
还慢语浅笑，努力掩饰内心的不适。

多少有些不自在。
当她独自面对那些哭泣的女子，
或最后的花朵开成爱慕者的即兴表演。

一个幸福的羞愧者：
"我只不过抓住了流水之上的一根稻草。"

"嘿，留着我，我就是那个
从时间的上游飘来安慰你老年的孤儿！"

2014 年 6 月 9 日

那一刻

突然而至的雨水，突然而起的风，
突然抽掉的柴火，突然中断的电话，
乱了夕阳，乱了花瓣，
乱了一只被时光催熟的果实。

她随意摸了把脸，摸到一手泪水。
这就是悲伤吗？为什么要哭？
一道闸门无意中轰然开启。

那一刻，那些虚假的松垮的，
被复制的多余之物，
从身体里掉出来，奔泻而下。

又轻又薄的命运，
一页自我的孤舟和啼不住的猿声，
奔泻而下。

2014 年 6 月 13 日

小馄饨

煮得久了，皮馅分散，
辨不清这一个与那一个。

"不烂锅里也会烂胃里。"
一份普通的早餐，一个不抱怨的男人。

他完全醒了，而门外的世界
醒得更早，有几句争吵似乎想挤进来。

一碗小馄饨将夜晚撇清，
这个埋头于早餐的人看上去是真实的。

比床上真实，他就在眼前，
远离那些跌跌撞撞的梦境。

远离简易报亭里那些滞销的事件和八卦，
他们也将在那里分散，进入各自的白天。

2014 年 6 月 18 日

周四之诗

他们曾在一张床上缱绻，
也算知根知底。但是否还能继续？

偶尔他会像水泡一样冒上来，
看望她这条陆地上的鱼。

她愿意回到从前，她坚信他曾是
真诚的，她愿意等候。

下一次的看望会是白天还是夜晚？
她停下手头的事，想象着一次潜逃。

他想着肉体里的水草和细软的骨头，
想着她亮着或暗着的欲望。

"爱就是犯贱！" 他们不舍得入睡，
互为鸟兽或鱼水，又互为敌我。

她的身体里有沉寂的瘀伤，

昼夜交接的湖面上映着两张运程刻薄的脸。

2014 年 6 月 19 日

真是苦难

真是苦难？真是苦难在对我抱怨？
向我扬着至爱的人的脸庞。
"你居然用肉体的放纵对抗我的鞭笞，
用干涸的内心，拒绝泪水。"

"那我该如何，你才会放过我？"
"习惯，并且承受！"
她眨眨星星孤寂的眼：
"我将安静一如你体内的月光。"

2014 年 6 月 21 日

相见欢

一桌酒席，只有两个脱了外套的人，
只有两个人感到了热。

两件外套紧紧抱住衣帽架子，
像抱住它们共有的身体。

也许感到了彼此的热度，
它们亲昵，安静，相对着不说话。

门开了，挤进来不相干的风，
风带来了几个多余的动作。

其中一只袖子碰了碰另一只，
衣摆晃了晃，像把持不住。

相见欢！相见的欢喜能持续多久？
很快，它们就会发现内心的虚空。

此刻，两个溜走的身体正隔座相望，

酒已上八分，欲望之手仍左右相缚。

2015 年 2 月 8 日

如 尘

她爱所有无法驾驭之物，
而他恰好相反："听我的！"
一场情事，越来越是专制之剧。

她选择等待，宽容，谅解，
选择渺小，他日渐地疏离，
选择猜谜： 他的言说里藏着怎样的
匕首，下一步又会有怎样的雷霆？

但挟持她的或许并非他，
更是这些选择之果。
温顺之物，只有一种匍匐姿态。
她也曾自我辩解：人生不易，
非凡的坚韧与耐心也源自艰辛之爱

2015 年 3 月 11 日

出　尘

你真的带给她现世的欢乐了吗？
你真的宽恕她一切错误之举？
远离她吧，她正在岔路上，
写悲凉之诗，抱怨烟云之物。
现世的富足是一件外衣，
她更喜欢光着身子住回内心，
那里，她灵魂的底板是灰色的，
寂静之水早褪去烂漫色泽。
她一屁股坐在时光的淤泥之中，
背对你，一个黑白的天地。
如果再往里窥探，你会看到那个巨大的不安，
正被脆薄的寂静包裹着。
她在自毁吗？这个被悲怆控制的不要颜色的
女子，在灰色的底板上会越坐越深，
越来越像一个乌无之物，
想与整个世界的虚无为敌。

2015 年 3 月 14 日

入 戏

他们一起喝酒，唱歌，
喝着喝着就醉了，唱着唱着伤心了。

两个身体的喧腾火光四溅，
两条溪流叠加出高高的水声。

这也是一场水火的开始，只有开始。
春天将折损于太凌厉的风太热烈的花朵。

一次次，她在他的袖口生香，
一次次，他于她的纤腰转身。

但所有的明月清风，所有的煎熬，
与我何干？为何让我感觉疼痛和挫败。

仿佛我就是那个偷窥者，藏匿者和宽宥者，
仿佛我就是那个被殃及的辗转之徒。

2015 年 3 月 21 日

念奴娇

如此急切，他用镜头捕获了那么多荷花，
仿佛它们只是歇息于宽大荷叶之上的只只小鸟。
而她只是想辨认，这一朵与那一朵，
哪一朵更恣意，更无顾忌。

那一夜，她的睡姿像极了一朵荷花蜷曲，
而他知道，她捂紧的身子里装有多少蜜。
那一夜，湖畔的寝房在水声里舟行千里，
他担忧着隔夜荷花上的蛛丝和凉意，
她想象着几次花落。

而晨光也来得急切了些，他们相视一笑，
对于相聚中又将开始的一天，
她欠他一个梳妆，他欠她一个拥抱。

2015 年 4 月 5 日

赞　美

过去这么久，她才能拼凑起
他所有的赞美以及
柔软的舌头所吐露的秘密。

他言辞里的火车，
如何带着她隆隆地向前，
她云彩里的肉体，如何沉醉于
他沾满花粉的嘴唇。

还有留在身体里的硬伤，
仿佛更隆重的表达在更重要的脏器上。

2015 年 4 月 7 日

从 众

还不到刨根究底的时候，
挖掘者还没有出现。

那个真相被埋得很深，
那朵邪恶之花 ，藏在泥土之下。

这个善意者也自始至终参与了掩饰，
甚至用身子压住了被风卷起的一角。

他不自觉想抵制的也是
自我的意志。

还有岁月堆积在他花白毛发里的虚弱和
迟暮之爱。

2015 年 4 月 27 日

锈　蚀

肉身的锈蚀始于一只酸疼的胳膊，
以及一只随意变换指向的手，
突然生成的盲区。

深夜你听到它骨头里刺耳的声响吗？
类似于久闭的木门在门脖上干涩地转动。

"也许源于那次受寒。"
当羽绒被勉强窝藏起两颗胆战之心，
它整夜裸露着，并被忘记。

"不曾上心的事还是发生了。"
我给你短信："我被衰老追上了。"
"从今后，我无法自由触摸的那部分肉体，
也仅是你青春的残羹。"

2015 年 5 月 5 日

看

因过多的流云而阴晴不定的天空，
让多少仰视者内心摇晃。
偶尔，我会顺着浓枝密叶去看，
让它的阴影也斑驳在我内心。

更多时候我只低头走路，
有人就这样走到了天上。
这个曾经的仰视者是否在更高处，
俯瞰着天空并有了造物主的忧患？

2015 年 8 月 3 日

他光滑的身体

他光滑的身体卡在时间的缝隙里，
开满失散与重逢之花。

如果内心仍有爱，它就是鲜活的，
叫声空阔的飞鸟不会只是路过。

抚摸或转身忘记，
也不再有人追寻其中的深意。

也能于事后想起，一对伸展的翅膀，
他的左膀她的右臂。

她将不会在悲伤中长久跌宕，
抛不下一段旧日的肝肠。

2015 年 11 月 3 日

也许不是那样

他一定在她的身体里动了手脚或干脆
拿走了一部分。

这让她惊惶于自身的零乱，
感觉总在不停地失落。

离别的伤感因此演变成新的恐惧：
一切全是谬误，而她只是其中的梦游者。

想念里也有越来越多的撕痛，
即使他仍可能再三再四地出现。

2015 年 11 月 4 日

辑三丨交换　2016—2018

承德围场的向日葵

我也有这样的金黄，你信不信？
我也想围绕一颗独一无二的太阳。

可以明目张胆，可以恣意奔放。
我也有这样的金黄，也许还不仅如此。

我没有藏匿，我的金黄就在脸上，
那是我内心的狂潮，在愚蠢地汹涌。

也曾努力地要将它们铺展到天边，
想有一天你能明白，但那一天消失已久。

你可以认为我也只是混迹于人群的一个俗物，
像野菊花退守一旁，像狗骨草匍匐在地。

甚至及不上一棵葵花或众多的葵花，
它们能守得云开见日，亮晃晃地摇曳。

我也有的，我也有这样的金黄。

我也想直白地对人表露，你信不信？

只是它们撑得太久也显得太老，
甚至无法静下来，平复一下我，惶恐的小我。

2016 年 1 月 12 日

大觉寺

相爱未遂，她还在人间滞留。
功名未遂，他还在天南地北。

春风从容，往事无数，
你仍欠我一个了悟。

2016 年 3 月 6 日

浓　霜

阳光升起来了。
阳光落在浓霜上，
溅起一片又一片刀光。
是阳光让浓霜亮出利刃，
并将快速逼退它们，
一次惯常的操练。
那人久久地站在天桥上
那人也盯着浓霜
看上去神情有些激动，
他为什么激动？
有一会儿他撕开大衣中间的两粒扣子，
不停地向怀里摸索。
他想掏出更锋利的东西与浓霜呼应？
我耐心地等了一会儿，什么也没有。

2016 年 4 月 2 日

红 叶

她绿得妖娆的时候，我没看到，
只听说她伸着小手，一直在风里招摇，
只要她是快乐的，招摇就招摇吧。
我见到她的时候她已红了，
是费力挣扎的那种红，是老掉的那种红。
红得让人指指点点，
她仍伸着小手，仍在风里招摇，
招摇就招摇吧，只要她仍是快乐的。
真替她捏一把汗，旁人在小声嘀咕：
她还能干啥呢？她还想干啥呢？
是啊，难道她还能飞？
说话间她真的飞了，
瞧，她跳离枝头，
跟着风真的飞起来了。
像要飞向正午的太阳。
跟着风她又能飞多高呢？
跟着风她又能飞多远呢？
马上她就跌地上了，
马上，她就笑不出来了，

马上，她也哭不出来了，
马上，我听到了她细小的骨骼，
在坚硬的地面碰碎的轻响。

2016 年 6 月 6 日

青海湖

我的爱人等我在三杯美酒里，
他杀牛宰羊，
怀抱着八个方向的花香。

我的爱人等我在一片蔚蓝里，
湖水之蓝，天空之蓝，
他许诺我高原上一对鸥鸟的飞翔。

我的爱人等我在真实的荡漾里，
他带我向东向西向南向北，
他有辽阔的激情，无边的思量。

我的爱人等我在一滴湖水里，
他用清爽的湖水为我洗尘，
而我只是他一小段暗藏的悲凉。

我的爱人等我在秘密的咸涩里，
我的爱人，我那么急于再见你，
亲爱的湖水，亲爱的亲爱的忧伤。

2016 年 7 月 13 日

那拉提草原

太危险了，这半空里的草原，
天有值得托付的蓝，草有足够绵延的绿，
羊茅和野牛草带着百里香牵引天上的牛羊。

时空坍塌了，内心之爱泛滥着冲破了堤岸，
那人在紫色的苜蓿地里稍稍欠身，
一下够着了四千公里外爱人高耸的鼻梁。

我需要看到更高处的鹰，狼和雪豹，
需要一只老虎，它锋利的虎牙，
在雪山顶上一闪。

我需要看到更多带着匕首和盐巴的汉子，
需要俯瞰，在更高的坡地上冷静下来，
慢慢打消留下来做一头牛羊的想法。

2016 年 9 月 10 日

9月24日岱山看日出

我真的可以挑吗？从大团的光芒里挑上一缕，
像从蚕茧中抽根丝，沧海里取滴水。
这簇新的光线，我真的可以挑一缕亲爱一下吗？

一缕最好的，或最柔和的。
像从灵魂之爱中，挑出泪水的晶体，
或从肉体的欢愉里，留住惬意的一瞬。

我还可以让她在我体内游走吗？
多么狭长的翅膀。多么清爽的身子。
她的抚慰小手。她的深情之眼。

我还可以让她穿过我像利刃透纸？
我久远的麻木倏忽醒了，
我需要快乐，但我首先得感知疼痛。

真的，我真的可以挑一缕光亲爱一下吗？
拿我的十里荒凉百里孤寒做亲爱的场所，
当太阳跃上海面，人间悄悄醒来。

2016年9月25日

野核桃沟

从山下耐心地数上去，3010 棵成龄的野核桃树，
每一棵都攥有大把的时间。

这些先来者，始终占据着制高点，
不看风尘，只看日月。

沟外的青草一年一绿，
沟外的牛羊一年一群。

白桦的叶片在远处的阳光里翻着白花，
眼前飞回的长尾雀，已不是去年那一只。

此刻，沟外来的女子心情是急迫的，
一生太短了，不够用来悔悟一次。

明明知道纠结于自身的时间是狭隘的，
明明知道，她的急迫也是狭隘的。

2016 年 10 月 3 日

赛里木湖

这 210 亿立方米，这微咸的，
这跟眼泪同样苦涩，
也像泪水一样暗自流淌的湖水，
就是传说里殉情的泪水吗？
要有多尖锐的痛，多大的绝望，
要分分秒秒多少年，
才会有这么恣意的荡漾？
伤心的人，你在别处伤心，
就别将泪水带到这里了。
湖水已经够高了，就要够着雪线了，
你的泪水比不上她的寒冷就别流了。
伤心的人，你来的时候，
湖水里嬉戏的斑头雁正在欢笑，
你在湖边照个影就回吧。
不要在湖水里揪着一生最坏的时光，
让泪水再一次次哗哗地流淌。

2016 年 10 月 4 日

昭苏草原

"旅游就是一种疗伤。"
一个中年妇女领着她的忧郁，
她多么需要七月草原的生机和辽阔。

这个狭隘症、孤独症患者，
这个想努力躲藏的人，
多么需要一匹马的悠闲一头羊的温顺。
多么需要强烈的阳光包裹她，仿佛重新出生。

还需要学习野草莓谦卑地贴地，
学习莜麦和芨芨草在风中弯曲，
学习一头鹰穿越那条艰深的峡谷，
在草原上追上豁然开朗的自我。

这个厌弃症患者，有太多必须收口的伤痛。
她多么需要在昭苏草原，
将这一切转化为一份虚拟却有效的
内心草药。

2016 年 10 月 5 日

门源百里花海之美

这样的美是有呼吸的，
微风里她们小小的胸脯起伏。

这样的美是有灵魂的，
她们油亮的祷词让群山肃穆。

这样的美有着庄重的仪式感，
亿万朵鲜花，每一朵都藏起意志。
为暖过来的春天，铺就百里黄金花垫。

这样的美可以一再地渲染，
但我屏气敛息。在尘世太久了，
随意的夸赞也会是喧哗。

我将双手比画成一张大弓，
我的虚空之击，惊起一群幸福的蜜蜂。

2016 年 10 月 5 日

10 月 10 日在诗上庄看皮影戏

那个夜晚，是那些皮影子咿咿呀呀地
将一个静谧的庄子款款抬入一出戏里。

拉一段小桥流水，吼一曲茅屋秋风。
雾灵山上的月亮刚刚按下云头，余音未散，
喊冤的就来了，叫屈的就来了，
帝王的身子一紧，江山就破碎了，
人民又妻离子散了。人民又家破人亡了。

幕帘后的老艺人捏着嗓子唱苍凉之词，
岁月更迭了，故人不在了，
家园零落了，朝代变迁了，
苍凉很大，诗上庄只有一颗小而温柔的心脏。

上年纪的村民们入戏太深，
他们长长短短的板凳安在社稷之上，
出相入将，神情起落。
陈年的风雨跌出他们的眼眶，
在三尺看台下生生跌碎。

2016 年 10 月 10 日

官鹅沟的一只蝴蝶

在这一对与这一双之间，
我遇见的肯定是多出来的那一只。

多事的那一只，患得患失的那一只。
询问，试探并犹豫着。
在碧绿的枝头，冥想去秋之事。

肯定也是不讨喜的那一只，
丢在这里，有点格格不入。
半透明的蝶翅上，驮着一些假想，
那些人前人后含糊的许诺。

它的起起落落因此有些歪斜，
既不像归来，又不像在离去。
尽管这里不缺乏适量的雨水，
适量的绿意，适量的湿润飞翔。

唉，多出来的落单的那一只，
唯一不能唤作爱情的那一只，

还带些年轻的失意，年老的固执。

2016 年 11 月 4 日

摄

"每个人都是一个大海。"
那名摄影师张开手中的渔网，
瞄准我："我拍的不是美女。
是气韵。神情。或类似的内心语言。
这些自由穿梭的鱼。"

但深海里拥堵着太多的难看鱼类，
他的网眼里挂满了湍急的暗流。
我用五指叉住脸部：
"快停下啊。我只要天生最缺失的，
我只要我的外在之美！"

2016 年 12 月 1 日

和一个懒人隔空对火

仅仅出于想象，相隔一千公里，
他摸出烟，她举起火机。

夜晚同样空旷，她这边海风正疾。
像是没能憋住，一朵火蹿出来，
一朵一心想要献身的火。

那棵烟要内敛些，
并不急于将烟雾与灰烬分开。
那棵烟耐心地与懒人同持一个仰姿。

看上去是一朵火在找一缕烟，
看上去是一朵火在冒险夜奔，
它就要挣脱一双手的遮挡。

海风正疾，一朵孤单的火危在旦夕。
小心！她赶紧敛神屏息，
一朵火重回火机，他也消遁无形。

2017 年 3 月 4 日

我喜欢看你入睡

我喜欢看你入睡，看你一点一点远离，
你的柔情在嗓子里卡着蜜意又有什么关系，
你进入的时空不再有我又有什么关系。

像一艘船浅浅地靠往亲爱的水边，
我是沉浸的月色，我是凌晨一点，
我就在你身边，这真的很美。

你不再关心我的存在又有什么关系，
那一会儿，你需要入睡你不需要我，
又有什么关系。

缺少睡眠的孩子，找到久违的家。
我愿意看着你，躲开忽远忽近的嘈杂，
穿过睡眠的门廊、客厅，进入卧房。

我愿意你安静下来，
那一会儿我是多余的又有什么关系。
又有什么关系。

等你醒来，等你一点一点回转，
我们又重逢了。良辰与美景就在一步开外，
走心走肺的情意会多么坦荡。

2017 年 3 月 8 日

惠山古镇

刚刚进入的时候，她爱它舌尖上的甜。
这也是进入的方式：一整条街的空气，
仿佛都是黏稠的，养着一亿头蜜蜂。

而寺庙的庄严和园林的闲适，
是接下来的事。这个要向下一些，
踏实的也是更安静的。
祠堂里它千年的亲戚和街铺里的泥人，
同样静默，还有更低处她尘土的心跳。
那一刻它们都在呼应，连沧桑也变得撩人。

后来她进入它的流水，进入它的回廊，
进入它高低错落的亭台，
进入它背阴的忧郁和向阳的花朵。
那些曲折的美，仿佛只为了一次酣畅的表达，
又一场迂回之爱！

但来不及说出她已羞愧了。
她进入得太快了，

无论马巡、虎眺、鸟步或蛇行。
"出郭楼台三四里，游人不得见山容"
随意的赞美，短暂的沉醉，
终究配不起它的纵横和深邃。

2017 年 4 月 1 日

在夏塔

在夏塔，我见到的群山只有鹰在试图飞越，
只有雪杉在固执向上，
只有连绵和起伏两种姿态。

阳光几乎想要晃瞎我的双眼，
这并不妨碍我俯仰之间的敬畏，
并不妨碍我看到群山雨水泗流的痕迹以及
腰身以下厚实的草裙子掩饰不了的
七月草原美妙又旺盛的地力。

并不妨碍我看到风吹草低牛肥马壮，
这些草原最温柔的占据者，
它们由青草转化的肉身多么安静。

越往景深处走，感觉雪山退得越远。
而眼前反复迂回的雪水，
更像一名男子冷峻疏离里的安慰。

2017 年 5 月 1 日

四眼井

四十岁前纯洁身体，五十岁后纯洁灵魂。
但随意的清洗仍是冒险的，
清澈甘美的泉水更适合忏悔。

瞧，这个负罪之人在自怨自艾，
她在四眼井里看到四种过错四样轻蔑，
还有四个反纯洁之词。
她也无法从怀里掏出月亮星星，
车船兼程，什么时候它们不再如影随形？

她只是路过，又一次路过。
此刻，她的愧疚之影不被宽恕，
未清除的戾气，激怒了水中雄狮。
此刻，她像一杯薄情之酒停于宽阔之源，
找不到一种可以倾倒的理由。

2017 年 5 月 2 日

橘乡临海的一只橘子

"我是不慎落入世间的一只橘子！"
满山遍野的橘子，她选中这一只。
满世界里找他，只为剥开这一只。

也许只是掩饰，剥橘子的轻柔动作，
让她镇定，装作一次无心之旅。
但为何几次抓不牢橘子，
像是它突然长出了逃跑的腿脚。

这是一只内心有爱的橘子，
皮薄汁甜仍不自信仍会犯贱。
这是一只甘心情愿的橘子，
偏要喜欢一张嘴，
偏想在一副心肠里转成蜜。

他的门虚掩着，她的手在抖，
手里的橘子几次溜走。
一只伤感的裸露的橘子，
两只伤感的裸露的橘子。

2017 年 5 月 9 日

被一杯酒打开的身体

被一杯酒打开的身体，
里面有一只空置的酒杯。

你看见的是一个新鲜撕裂的伤口，
你看见的是一只蜷缩之鸟的战栗。

被一杯酒打开的身体，
也许会毁于再一次的打开。

现在，她露出空置的酒杯，
里面有她自酿的酒水残留。

像被狂风猛然撬开的窗户，
太长的时间里她有太多必须消化的风雨。

2017 年 5 月 12 日

约茶致病中女友

能否再约你喝茶，
即使在不确定的日后？
人生有多匆忙，你我唯一闲散的
一次茶叙，早沉入时光深处。
我几次有意地捞起，
只想让记忆的回甘，
掩盖探视时光的沉闷。

那个下午就在茶汤里浓浓淡淡，
你一杯阳羡，我阳羡一杯。
茶色一样的醇厚浓郁，
心情一样的散漫寡淡，
佛陀唯心，现实唯物，
话题却宽松绵长，
隐隐听见时光磋磨的齿轮嘎嘎的声响。

那个下午就在茶汤里浓浓淡淡。
那份闲适，多年前早被你我忘却。
我这个冷情之人，

总会被梦里的清冷吵醒，
现在是你突然爆发的疾病。

能否再约你喝茶，
即使在不确定的日后？
眼下，你真理一样瘦弱而倔强，
眼睛也益发大了，泪水流淌处，
人生这杯茶，你正独自泡到痛处。

2017 年 5 月 17 日

泥土之躯

那个僧人端坐于生死之间，也在慢慢衰老。
他的身子在变轻，歌唱佛陀的嘴唇在变薄。
这亲爱的闸门，流淌着越发低沉的真理之水。

你这个无厘头的女子啊，
你那么热爱尘世，还热爱他的端庄。
当你挣扎于光阴之快，道德之慢，
居然还要腾出手来，
心疼他的衰老，心疼他低沉的歌声，
变轻的身子，变薄的嘴唇。

2017 年 6 月 6 日

篦箕巷

此刻，运河对岸的喧哗与这边密不透风的静寂，
像两个陌路之人。

他们挤在阴影里喝茶，
一个紧挨一个。

泡开的茶芽于杯中簇立。
一个紧挨一个。

稍远处，明城墙边的白墙与黑瓦，
一条老街古韵里的曲与直，
一个紧挨一个。

像篦齿，一个紧挨一个。
如同他将白未白的头发和她岁月斑驳的混乱。

2017 年 6 月 8 日

再致病中女友

她往前走，越过我们。
她不是第一，下一个是谁？
急骤衰老的容颜，
更小的，更薄的唇，
更稀薄的短发似落霞。
想起她，我有种莫名的痛，
还会回到那些原点，那些有她的场景：
初识、郊游、吟诵、闲谈，
一场场由心的出发。
但她独自往前走了。
她曾经过了什么，天全知道。
她还会经过什么，天全知道。
只是曾经的坚持，如飞速消化的餐点，
曾经的意气，也如同喝茶八卦。
她受过的苦，仍在大地上复制，
世间日月也无非短到崩溃或长到绝念。

2017 年 6 月 19 日

赛里木湖或忏悔之诗

在这里，如果她滴酒未沾却头晕目眩，
如果她四顾苍茫突然暗自羞惭。

25 公里南北 30 公里东西的净海啊，
你迎来的就是一个污浊之人。

她行走歪斜，满身尘土，
她在自我挣扎，内心千般狼藉。

一个总在抱怨也总心怀不满的人，
一个重复犯错又总胆怯逃避的人。

她的污浊是寒夜独处时的放任之念，
她的污浊是誊抄心经时关不住的春风。

但在赛里木湖，她的污浊有救了，
这是她的沧浪之水，这是她恢复容颜之地。

阳光倾巢而下，一万头鹰飞上山巅。

一万头鹰俯视着，像灵魂俯视渺小的肉身。

2017 年 8 月 6 日

一个人

接下来轮到她出场了。
看上去她身形凌乱，
神情慌张，两手空空。

似乎是她的左手打劫了右手，
孤零零的灯光，
照出她内心凄惶的乌鸦。

咦，她的身上还插满了刀剑！
她的血清洗着她的伤口，
而怎样的水能清洗她的血？

这个没有方向的女子，
满世界东张西望，
看上去还不死心。

反正，她有止也止不住的悲惨。
她一出场，整个乔装改扮的舞台，
颜面崩塌。

2018 年 1 月 5 日

爱人谣

我的爱人在东张西望，他的心分成三瓣，
每一瓣都是没有落定的尘埃。
我无法阻止我的爱人东张西望。

我跟着我的鞋去见我的爱人。
我跟着我的路去见我的爱人。
我跟着我的忧伤去见我的爱人。

我笑不出来的时候，见到了爱人。
我哭不出来的时候，见到了爱人。
我醉得摇晃的时候，见到了爱人。

他在别处淌着圆润的泪水，
我也在别处淌着圆润的泪水。
一条河床能暗藏起多少潜流。

我的爱人一直在东张西望，
没人知道我身体里插满了刀剑，
没人知道我只是青草由青转黄。

2018 年 3 月 3 日

幸　运

闲下来突然惦记你。

真是幸运啊，你说你活着。

这是你惯常的语气：

"真是幸运啊！

名利是夜街上追逐的猫狗。

我有真正的健康，童心和安宁。"

我想象你穿着阔大的衣服，

在菜场里恣意晃荡，也学你造句：

真是幸运啊，生活可以如此宽松。

比起更艰难的旅人，我可以停顿。

比起更黑暗的行走，我可以等候。

真是幸运啊，这些年锁孔没有锈蚀，

门前地毯下总能摸到家的钥匙。

真是幸运啊，我还能去看你。

听细小的火花在我俩掌间毕毕剥剥跳动。

2018 年 5 月 1 日

圆　月

它在屋檐后探出头来，夜晚就静下来了，
一只巨大的摇篮，盛满天地光影。

举一杯浊世之酒，她的轻佻无处藏身。
它们往外跳着叫着。往事也是一只只蛤蟆。

但赞美里的酡红幽蓝是真的。
无耻也是真的。
她的手撕扯你脊背上肌肤的清凉，
摸到一片远处的光芒。

迷恋于遥远事物的女子啊，在现实中一再懈怠。
却仍想掩藏污浊，比如圆月之夜，
让身体蜷缩着，至少
与完美的事物在外形上有些呼应。

2018 年 5 月 3 日

沉　香

她泪水里的尖锐之痛，
只有制造伤口的人能细细掂量。

他一次次回转，
身上的剑刃也有渴血之痛。

仿佛伤口是怨恨的语言，
一个诉说者，一个倾听者。

又像是艰难维系的风雨之巢，
每一个伤口，都能住下这一对冤家。

"爱可以是伤害的借口，
我想让疼痛分娩出一堆珍珠。"

"你巨大的隐忍里有我灵魂之所。
夜半无人时，你才是我前世的沉香。"

2018 年 5 月 5 日

浪漫主义者

这些日子她觉得自己是一个浪漫主义者。

这个重度幻想病患，一头扎入非法的抒情，
说只有浪漫，才会让她心存芥蒂的现实破产。

一棵甜腻的桂树就唤出她浓郁的伤感，
风吹落花惊动她孱弱的睡眠。

带着毫不隐讳的矫情，
她在每一杯酒里剔除了理性，
让一个名词睡了一大堆形容词，
或让一个动词被更多的副词包围。

她反复强调一厢情愿的非现实之美，
说她只是流落人间徒劳地寻找本义的
一个比喻。

2018 年 5 月 6 日

交　换

相见无期的人在急于交换
言语里柔软的舌头和眼里的星光。

她肢解着身体里所有的玉，
他清点着灵魂里可以拆卸的骨头。

她裸露的残存激情，
他微微起伏的一小节高原。

伦理之下的那些战栗和惊恐，
伦理之上的那些诗意和背叛。

还有一块湖蓝，还有一片沼泽，
还有一个用来互陷的深渊。

慢一点再慢一点，这也是庄重的仪式。
能够交换的东西太少了而夜晚正长。

2018 年 6 月 3 日

纪　念

那两个亦敌亦友的人同时远逝了。
他们身体的容器被打翻，
一点点爱洒了出来，一地浮光。
一点点恨洒了出来，一地浮光。
一点点悔洒了出来，一地浮光。

但你知道他们远没被清空，
是非仍在纠集，仍在许多舌尖上跑调。
你更信任他们曾经的表述，
他爱说的是承受，而她爱说煎熬。

一地浮光，一地浮光，
世事在心如一杯凉水，
仍郁结于他们早年的腹腔。

2018 年 6 月 3 日

览亭眺远

当整个湘湖无所顾忌地向我敞开，
那一刻，我尽力收住粗重的呼吸。
我怕我内心的暮霭和晦暗未明的打量，
怕年深日久的颓废，
污蚀了那份广袤与银亮，
还有环湖那大片如同没有四季的葱绿，
我就能一寸寸地小心还原：
初见时的容颜，若有若无的真心，
那一刻，它们如此虚幻却必须
为我存在或假装存在。
就像我仿佛拥有过山河锦绣，
那里碧波为我千顷，青山为我历历，
烟光依稀里我撞见过世上最真的怀抱。

2018 年 6 月 9 日

大风谣

大风呼啸，大风下的康巴诺尔仍是草原。

她的蒙古包鲜艳，她的牛马羊肥壮，
她的长尾雀，追赶着大风，
也追赶辽阔牧场上飞翔的白云。

大风呼啸，草原的姹紫嫣红近在咫尺，
麦子开始冒头，青草露出尖尖，
鹅翔雁凫的康巴诺尔湖装下大半个蓝天。

大风呼啸，大风迷了我眼，
多么相似，我曾在她的花海里走失，
那时，她的格桑花一路开到天边。

大风呼啸，大风呼啸，
我在草原上问路，缄默汉子的温暖，
像他怀里的烈酒，宽厚的胸膛。

2018 年 7 月 8 日

东湖午后密不透风的静寂

东湖午后密不透风的静寂是一棵柳树揽影自照，
是六月里异常的闷热。

那人汗湿的老头衫贴着隆起的肚腩，
目悬三尺，像要参悟深水微澜。
此刻，他是这棵柳树的伴影。

也有一丝莫名的紧张，
也有一些烦躁，像压制的内心，
又像被静寂隔开的隐隐市声。

我眼前看到的一团浓绿，
也许还是多年前的那张旧影，
在第三者闯入之前，
静寂又像一张可爱的努力绷住的小脸。

2019 年 1 月 2 日

浓雾里的杉树林

秋色斑斓最适于重逢，
适于在昏暗的小酒馆，
看夜晚像醒来的鱼，
在玻璃杯里泛着感性的酒沫。
适于相对无语吸几棵烟，
在飘散的烟雾里感知空气的流动。
多年的疏离在第几棵里能看见松动？
他随意说起来路上穿越的那片杉树林，
浓雾中每一棵都那么神情魅惑。
他挥了挥手，似乎在驱离未知的缠绕。
想象着那些强大到虚无的浓雾，
她抬头，看到他镜片后的双眼迷蒙，
似乎仍深陷于那片浓雾。
而她飘摇若叶，正独自泅渡夜晚的那片死水。

2019 年 1 月 3 日

迷 信

在一杯酒里回到过去是艰难的，
一场翻山越岭的清醒跋涉。

在一堆文字里处理自己的人，
耽误了多少山水真实。

久没联系的人，不需要想念，
或许就在对面，说着东南或西北。

幸好还有一个你，始终存在，
春华秋实里的深层真理。

幸好，我终是那个暗中感动你的人。
不为爱，是始终相信。

而我回头，你总会在身后，
不为接纳，你终是那个为我收场的人。

2019 年 1 月 4 日

另　类

总有一首歌能分开众人，
分开他们不一样的哀伤。
若有人凝神，就可能看见，
那些拐着煽情小脚的音符
绊倒的痛楚，多么五颜六色。

这些相类似的人，三五成群，
仿佛划归于同一阵营。
这让他们在一个个回旋里，
不计前嫌，左右互拥，
像被宽恕的无心之矢。

一份类同的生存体验，
坠入一首歌里，
不一样的生存或消失真实而巨大。
他们究竟经历过什么，
让一首歌给出了最原始的反馈。

但也会有人，将被这首歌排挤，

一个另类，带着他的暴走因子。

在悬崖上，在苦海边，
他的回忆在跳崖，他的未来在泅渡，
喉咙里默然的嘶吼自成旋律。

2019 年 1 月 9 日

江南路上的香樟树

江南路上的那棵香樟树旁，
始终有人站着。

似乎是同一个人，
独自消磨着久远的大段时光，
身上有枝叶的恣意和暗香。

至少也是相类似的，
像为了什么事而接力，
那些有关意义的游戏？

一个人路过他们，
许多人路过他们，
只有我看到了那份笔直的耐心，
像一截枯木挣扎着绿意。

只有我想与他并肩而立，
伪装成滞留在人间的
一个年老的天使。

2019 年 1 月 27 日

樱　花

从 22 楼望下去，
那些樱花像被春天私藏的星云回旋。

从 14 楼望下去，
它们依然是轻盈的旖旎的，
像是要去抚摸天空。

后来，我在 5 楼观望，
那些花朵一层层浓密着，
更多了一点集体的蓬勃向上的力量。

如果我置身其中，
想象中，那些花朵也许会簇拥我。
阳光躲在枝叶间，像美服里妥帖的针线。

在许多年，不同的樱花季，
我于同一幢办公大楼的不同位置，
看同一片樱花。
我没有良多感慨，

也绝不是熟视无睹的那一个。

2019 年 2 月 5 日

散乱的月亮

此刻，月亮会待在许多地方。
等候的柳梢，张望的屋檐，
一只不安分的酒杯，
甚至在他的指尖和横生妙趣的舌端。
此刻，天桥下也卡着一个月亮，
向落寞的行人倾卸万丈诗意。
那人的眼睛很亮，
斯文的外表，笼着一层酒精的虚幻。
那人在暗示什么？他的审视里
隐匿着一把食物链顶端的链匙。
也许夜晚因为月亮可以稍稍沉沦，
但沧桑外泄，她内心的蠢动后撤着，
被侧漏的月光逼入狭隘之处。

2019 年 3 月 1 日

寒 芒

那些不被注目的低海拔撂荒地，
也有四季之景。
现在是积雪之上的苍茫。

我看到的恰好是荒凉之上的荒凉，
在叠加或恣意招摇。
看到大片大片的寒芒，
在那个老人故意收敛的落寞里的
勃勃生机。

2019 年 3 月 1 日

紫荆树下

这是宽大的眠床，失眠的台灯，
这是无力的腿脚和楼梯上的气喘，
这是满园春色的无视和排挤。

这是一杯酒里轻易的醉态，
一次次聚会里的逃避。

还有我的暗疾，居心叵测的药。
还有失忆、乏力、哀伤。
此刻，它们全是我的亲人。

我更加衰弱的老母亲坐在一棵多年的
紫荆树下。紫荆花开艳如新孕，
她眼里的怜惜是我同时认下的明天。

2019 年 3 月 2 日

经 年

与岸边的树长久地凝视，
风吹过，眼神与水波同时晃荡。

或者慢走，寂静里，
她拖沓的步子有细致的回声。

也可以长久地坐在屏幕前，
看别人的故事，不再代入。

在漫长的生存期里，
这个女子没有太多的自娱。

但是仍可以折腾或回溯，
或者重拾被阻隔的零星片断。

那些碎片，刹那流转的情绪。
那些可以拿来重新掂量的交集。

比如与谁同骑单车，谈论睡眠与胖瘦。

比如闲敲棋子，锋芒尽在相让里。

比如突然变坏的天气里糟糕的脾气，
突然被询问及置之背面的质疑。

想起那些被遮蔽的伤感和真相。
想起辞世经年的人和今早园里萎谢的花朵，

她不语，仿佛仍能掌控所有的境遇。
继续扮演着她的阅尽风霜。

2019 年 3 月 2 日

幽暗植物

他归来时，夜色正浓，
月光清浅，照见他的从容。
而她蜷在床上，一壶更清浅的茶。

她听见他在更衣，
想象对楼的灯火透过他的肌肤，
一些莹白的反光。

没有意外，另一边被子掀开时，
依然带起寒意。
还有残酒和洗漱后的清凉。

仍像一个陌生的闯入者。
她默不作声，
转了个身，像压制着什么。

然后是一床的静寂和
滞留于静寂里的两棵
幽暗植物。

2019 年 3 月 2 日

星空下的紫云英

比起满天星云，
我更愿看它们河里的倒影，
看它们自在地荡漾着，
带着坠入凡间的圣物应有的变数。

我也愿看挨着河道铺展的大片紫云英，
那些花朵也自在地摇曳，
并在暗中发出柔光。

作为一名闲适的消食者，
我会将满天星云与繁花作某种对应，
会将自己放进去，
左一点，再左一点的，
小的安静的，
仅此一颗的卑微之心。

2019 年 3 月 6 日

芦 花

在同一个湿地，不同的节气，
我们同看过大片的芦苇。

看紫色的芦花瞬间就白了，
被惊动的野鸭和水底的潜鱼，
带起白茫茫的芦絮和清凉的水声。

看逆光里的芦苇丛有了心火，
又在渐渐加深的昏黄里暗沉，
像一件事实露出端倪又被刻意藏匿。

看不同的白云高远，
兼顾这天地苍茫和不同的你我，
用不为人知的寂静。

而你不再漆黑的眼里仍有着早年的萧瑟
和令我揪心的绚烂。

2019 年 3 月 9 日

小区午后

小区午后的闲适里有一份静寂，
需要有人进驻或造访。
也许可以是一双年老的残腿，
从小区新布置的假山慢慢移向狭长的池塘。

也许可以慢慢看过去——
高大的柚子树上无人采撷的酸柚子，
有好看的色相。茑萝松爬出了谁家的
栅栏？芭蕉的老叶子在枝干上无力挂垂着
无意碰触着更低处低调的串串紫苏。

被红花继木圈围的日常有些拥挤，
叫不出的鸟或野猫在见缝插针。
连排别墅的小庭院里那些秋千躺椅茶桌，
不同阳台里摆着的各式绿植，
在这个共同的秋景里一起招摇。

短衣长发的女孩踩着轮滑，像翔鸟
倏忽不见。安宁刚刚好，

安宁就是此刻的静寂，而你融入。
也许还有一份额外的自在，
铺满睡莲与残叶的池水里一池碎云妖娆。

2019 年 4 月 8 日

运河边这一丛芦苇

运河边这一丛芦苇
又白了。

无心的人不知道它白了。
有心的人不知道它为谁白了。
主观的人知道并看见了,
这个事实让他认同了那个客观的人。

那个闲得无聊的人,
看了一眼又一眼,
看见那上面的白,
飘落在许多疲于奔波的人头上。

我在运河边住得久了,
早年,我总忍不住折几根返青的柳枝,
从头回想一些被送走的人。
现在是这些白了的芦苇。

风总会适时地吹过来。

吹送千里的长风，
总会挟带着远近年代的桨声捣衣声，
小汽笛和小电瓶声。

这一丛白了的芦苇，
为我滤掉了多余的沧桑。

2019 年 8 月 9 日

个　园

侧坐于石凳的女子，双肩包立在脚边，
她低首而笑，此刻她是个园一景。

一样的淡雅，仿若叠石堆砌的四季，
荷花正盛，池馆清幽似有蝉声。

也算是故地重游，复道回廊万竹争翠，
美景恰好，我也老得恰好。

正适于纯粹观景，正适于拐角里独坐，
也一样的淡雅，在一眼两眼里出世入世。

比如看谁为谁眸光似水，谁陪谁从抱山楼
转向觅句廊，伞外有雨。

那个在水面不停比画个字的，一定孤单着，
这些字被流水挤来挤去，多少嫌弃。

那个北门入园的人，刚从古运河转来，

又感叹起园林兴衰，一脸的沧桑亮了。

2020 年 9 月 2 日

曲水流觞

春风千里，盛不满这条弯曲的流水，
雅事无数，我却只是过路的俗人。

俗人也想怀古，也想低头沉吟或举杯畅饮，
与时光深处的古人遥相呼应。

也想有三五知己，任惠风吹透腮红，
茂林穿插多丛修竹和窈窕身影。

也想有一杯酒，停在我的面前。
而醉就是风雅，附庸乱飞的裙摆。

哪怕多年后，谁也不记得我也有诗，
诗意空空，里面的有情人本是夜半虚设。

哪怕无数次重回这片流水，四顾茫然，
仍无人陪我看周边残荷，将破败进行到底。

2020 年 11 月 5 日

秋天的形形色色

植物园里，那些形形色色的高低错落让秋意
丰厚。层层叠叠的万寿菊挤压着鼠尾草的粉紫。
蒲苇的颓废对应着美人蕉的哂笑。

紫荆树又一次让出大半叶子，它的萧瑟多像
一个穷人。鸡爪槭却是意气少年，
蜷曲手掌里的力量生硬而无法排遣。

梭鱼草装出跋涉的样子，被栀子花一眼看破。
葫芦藓在巨石上攀援，准备着一场潜伏。
乖巧正气的红豆杉下一刻说不定会去捅天。

群栖的黄栌，集体于水边日消夜磨着。
地界划得分明的杜鹃花和金边黄杨是
老死不相往来的邻里，有着同样齐整的静穆。

而桂树抖落了最后的香，与不事颜色的
竹柏和冬青一起，成为旁观者。
旁观的还有太多叫不出名的树。还有我。

我误入树群，与每一棵都不亲密不纠缠。
我愿意这样孤寂着，独看暮色长过秋色，
等候一场更孤寂的风，将我彻底带走。

2020 年 11 月 29 日

藩　篱

"你在空间里看到的往往只是二维景象。"
一只蚂蚁在叶片上爬向它的晚餐，
真实永远在叶片背面。他看到一只狗，
撕咬着它的颈圈，还有花背心，
身边那些匆忙的步子似乎都有归属和朝向。

但挣扎究竟是如何生发的？
没有绳索和伤痕，没有看得见的辜负。
每一个微小的念头升起的小簇焰火，
究竟要穿过几重屏障，才成为夜晚独立的
光点，一个自由的范畴？

一粒小的更小的飞尘，翻入这个时空，
禁锢于光线，水和食物，还有欲望。
"也许，走向你的努力都是徒劳的。"
他的履历简洁，从一点向另一点，
"你就在笼子里。"从一个向另一个。

2020 年 12 月 2 日

那一晚或电影

想着他的睡他的醒，想着他
皱眉或开颜，停留或回望，
想着她无厘头的低询和他认真的应答。

想着他温柔的呼吸在她唇齿颈弯发间的
滞留。想着各个钟点里各式各样的她。
想着亲密无间时原始的快乐和疼痛。

又想着他在别处吃饭喝水与人把盏甚至
约会，想着一切与他关联的事物。
这些想都很美，都是那个夜晚的延续——

他莹白的身子在明朗起来的曙色里，
光影一样流转并回闪，下一刻也会消散。
还有交织的绚烂，一朵火与另一朵火。

这是命运给她的专递或最后的善意。
这是欢喜，如此极致。最好的
蜜意最好的他，相聚的短暂不算什么。

这又像是一场仪式，从此她安心步入晚年，
专注于一个夜晚的真实与虚幻，
专注于他。直到他走得足够久，

让爱恋足够陈年，也足够怀想，
各式各样的想，各式各样的离开。
他一次次挥手，每一次都是永别。

2020 年 12 月 5 日

误　入

误入花丛的蜜蜂可以开启多条甜蜜的路径。
这句子里若有几个词将成为隐喻，
又会如何？

比如蜜蜂，甜蜜，与路径。
她是蜜蜂，他是路径，
或她与他互为蜜蜂和路径。

甜蜜让人一头扎入，愿意赴险。
或者甜蜜捆绑了俩人，像蝴蝶结的
两端，一头是甜一头是蜜。

但他们肯定不安于隐喻，肯定比一只蜜蜂
做得过分。夜晚的密道与神秘花园，
更像是头脑风暴里的臆想之地。

还可以角色互换，为爱不争，
他是她的蜜蜂她是他的路径或者相反，
一个叫甜的总会牵着蜜共赴甜蜜。

2020 年 12 月 6 日

宏 观

宏观的是天空，星辰只是她的细部，
像无数只光球收编在一只竹篮里，
被宇宙这匹黑牦牛拎在手中。

这是想象的开阔。也许还传来歌声，
像群鸟被迫合唱。也许还看见舞蹈，
金光的衣裙旋转出化学的复合味道。

她在户外站了很久，忘了她站在那里是因为
悲伤还是孤单？那些想象似乎让星辰
靠过来，被玩坏的光点在竹篮里四下跑动。

并不再有任何争辩的念头。就这样吧。
那被无端删除和遮蔽的，被给予又被拿走的，
真不算什么，这渺小的注定被忽略的……

2020 年 12 月 7 日

遇　见

那一天是哪一天，是否有个你在行道树旁
等候，或只向苍茫而立。
头顶是法国梧桐飞舞的落叶淡黄。

写字楼的人走空了，扫街的人也不见了。
边上红茶馆落锁的声响，惊动了浪荡的猫。
你还站在那里，圆周率一样没完没了。

或者你就是我要忘掉的某个人，
就像遇见为了告别，拥有只为失去。
或者没有你，只有一棵人形的树——

让世界看上去仍是理性的。
或者你是许多个你，像许多个等候在
接龙，许多个期待让夜晚柔软。

又或者你是过去的某个我或干脆就是我，
人间只是一个镜面，一整天我都被自己望见。
我这就牵你回家。我这就牵我回家。

不靠谱的记忆总是迷雾重重。

那一天我的家在哪？我是否还一再相询：

你是谁？你究竟又是我的谁？

2020 年 12 月 8 日

银杏黄

如果能够设计，一定要在深秋，
一定要去银杏树下，一定有个
黄皮肤的男子，必须从春天等到银杏黄。

然后是相遇。台词是现成的：
"是你吗？真的是你吗？"
"你终于来了。一切还没有太晚。"

然后是几个特写：负距离的对视和
红衣裳红脸庞。恐天恐地的黄。
再拉个远景：一棵银杏，一长溜银杏。

它们都黄着。黄金的黄。黄帝的黄。
黄酒的黄。枯黄的黄。黄连的黄。
嫩芽的勃发之黄，落叶的凋残之黄。

它们点着了深秋的灯。深秋亮了。
深秋要不要这样好看就像一场相遇？
深秋加爱情要不要这样好看？

然后再设计重逢，反复的重逢。
用硫磺的黄，黄昏的黄，抵死缠绵的黄。
没有迷糊，猜疑，哭泣，抑郁。

银杏树不会弯腰给她拥抱，他会。
银杏树太高太硬了，他正合适。
一切刚刚好，她与银杏黄与黄皮肤的男子。

2020 年 12 月 8 日

正午的阳光牧场

阳光突如其来，所有的阴影开始奔跑。
像动物一样奔跑，跑入正午的阳光牧场。

那些阴影，大块的总是散落的牛马，
小块小块的，麋鹿般跳跃。

那些阴影，浓重得更像匍匐的巨熊，
浅淡的，又像攀援的猕猴。

景观房的玻璃影子，砸在水面的冰晶上，
细碎而尖锐，它们是盘旋的蜂群。

几根空空的长杆投下的虚弱短影，
与落叶乔木精瘦的影子混在一起。

它们也在奔跑，像车流带着小块的车影
奔跑，一群群忙着转场的绵羊。

写字楼的阴影特别笨重，这些杂食恐龙，

在阳光出来之前，曾长久地蛰伏。

如同我，常在写字楼顶吹着寒风，
小心护住越来越疯狂的自我。

这与我的身体和灵魂相伴生的阴影，
是否也是一只想要奔跑的动物？

甚至更想飞起来，向正午的阳光牧场，
露出一对随时等待剥离的翅膀？

2021 年 1 月 1 日

会展广场的午休时分

这是一天里的边角时间，
那些闲聊者、漫步者、散坐者，
全是写字楼的方块里游离的笔墨，
零碎在会展广场午休时分的恬淡里。

也有激越的，比如那人
仿佛被整个世界辜负，
将手机摔在地上又踩上几脚。
这是它零碎里的尖锐部分。

也有小言情。有人神情落寞，
内心的斑驳总是太过飘摇的犹疑。
下一刻他会不会阴转多云，
在即刻现身的女子几句软语里。

我将手插在衣袋或背在身后，
顾自走着。看那个园丁又一次
拉出细长的塑管，他在浇灌。
看那名红衣女子又一次从对面跑来。

阳光落在她的跑与漫天喷洒的水雾上，
它们都在缠绕，我的走也穿行其中。
此刻，广场上所有无深意的零碎，
都如台阶错落，小径浅白。

2021 年 1 月 4 日

悲欢之书

她怎么可以将悲欢写得那么大，
比看不见的寒冷大，比看得见的阳光大。
她怎么可以将悲欢写得那么蓬勃，
像有了实体，下一刻就会从书里出来。

她怎么可以将悲欢写得那么宿命，
像一种秩序，被事先设置和安排。
她怎么可以将悲欢写得无始无终，
像岁月往复，像昔日重回。

一本悲欢之书，还散发着浓烈的味道，
悲伤的味道快乐的味道，
它们叠加着混合着，改变了此刻
阳光的味道，风的味道。

我只是从书架上随手抽取了一本，
我以为边走边读，很快读完并能忘记。
她怎么可以像一个圈套，把我拉入，
像要动用我的身体，像要校正我的灵魂。

我所有过往的悲欢也都跑出来了，
我所有过往的悲欢也都有了实质。
现在，它们居然也成了她的一部分，
那些不值一提或毫不起眼的波澜。

她怎么可以还我以鄙视之眼？
有一会儿我离开了我，仿佛悬离，
看到一个女子，沉浸于一本大书，
树荫落下来，加深了她脸上的斑驳。

2021 年 1 月 29 日

某日喝泸州老窖畅想

一个凡俗的男子，小酒量，却敞亮喝酒。
一个凡俗的女子，小情怀，却敞亮喝酒。

"灵魂的相逢万里挑一。"这太难了，
好在有酒，洗去风尘的阻隔。

好在有酒囊，置换一胸腔的悲郁，
允许一杯杯的泸州老窖去反复充盈。
快脱掉你坚硬的外壳和荒凉的外衣，
再脱去肉体，与我相认。

顺便认出人间的高粱、江水和月光，
与天地抱个满怀，与我抱个满怀。

然后向酒里认出两颗心，在还是不在。
然后在酒高处安纯粹的家，将悲伤挤出门外。

这多让人愉快，当清醇的酒液是时光之镜，
两个人的纯粹是一杯酒与另一杯酒。

这多让人愉快，嘴角上翘 52 度，

一杯杯的泸州老窖。一万里的你与我。

2021 年 2 月 9 日

题旧照

当时是哪只手按下的一记快门，
你的青涩，你茂密的黑发与对岸
芦苇的白茫和一水的昏黄，
构成过去时空的某一瞬间。

能还原的还有你稍稍的侧身，
你抿紧的薄唇，你年轻的瘦削，
你泥黄的衬衫，你透过黑框眼镜，
稍稍带些讶异的神情。

——仿佛见到了眼下的你，
你们重逢，同时远望和回溯。
仿佛猜测着另有一个她，
被多年后的你努力遣返着。

穿过世事变幻，回到那一瞬间。
回到那里的一叶或一花，
回到单纯的孤寂，与你从头相认，
弥补若干年她缺席的陪伴。

2021 年 2 月 9 日

荒　凉

她注定是荒凉的，
内心的戏剧无人参与。

但仍可以上演，比如这样的对白：
"你真是好有味。"
"像那些止不住倾倒的酒液？"

仍可以有这样的回放：
事后，她同样点燃烟支，
让灰烬窝在他的掌心。

仍可以有这样的相逢：
无意中路过一条陌生的长廊，
看见他正垂头点烟，神情索然。

仍可以有这样的收场：
他一次次在背后拥吻，匆忙而慌乱，
然后是告别。再也不见。

2021 年 3 月 2 日

这一天她还在人间走着

这一天她还在人间走着。
还是人间的。还在一次次归来。
拉杆箱上挂两塑料袋鸡子与菜蔬，
穿过夜街嘈杂。
她是嘈杂的一分子。

这一天她仍在凡俗里，
几辆打转的汽车寻找着泊位，走过她。
霓虹灯乱转的理发小店，走过她。
满架琳琅的烧烤摊，走过她。
便利店叮咚一响，一个街坊男子
举盒烟出来，走过她。

那个瞧着手机跟唱的女子，
那个挂满盆景跨坐电瓶车上的兜售者，
差点撞上她，夜色遮掩了他们的脸容。
她盯着微信里一句亲密的话，
删还是不删？这来自遥远的硬汉柔肠，
也跌落于日常的琐碎和抒情。

这一天她还在人间走着。

还是人间的。还有些不舍。

路过小公园，冬天仍在深入，

银杏已脱完一头明黄，鸡爪槭的叶子

蜷一半洒一半，扮演又一场春红。

这一天所有昨日重回，似有新的抉择，

往左是时间恍惚，往右是自然萧瑟。

2021 年 3 月 5 日

凌晨三点的醒

凌晨三点的醒是一把使废的旧镐。

一定是翻找得太狠了，
她狼狈地将自己掀到了梦外。

风一样晃来晃去的孩子，
还等在黑夜的枝杈上，等她。

她愿意沉浸，这非现实的，
这自欺欺人的，温暖或宽慰。

凌晨三点的醒是一把纸糊的木浆。

雨水一样淌来淌去的孩子，
还等在黑夜的彼岸，等她。

她要泅渡，她要努力返还，
却更冷冽地远离，与快乐悖反。

凌晨三点的醒是一个人遗世的崩溃。

她深陷于她的醒，她无边的惶恐。

2021 年 3 月 8 日

星 恋

因为什么两粒并行的星开始靠拢？
一颗星爱上了另一颗，或许另一颗
更爱一些。它们需要相见。

想象一下，浩瀚星图里，
两个微粒的相向运动，这异端的美景。
一颗星登临另一颗，江山互映。

但一颗星仍有些羞愧：
"也许，我携带了更多的暗物质和
暗能量，挥之不去的尘埃。"

另一颗让河海敞怀，用轻的更轻的缠绕
迎合："给我你的核，你的引力，
我还你纯洁的宇宙之火。"

2021 年 4 月 3 日

疆　域

这是我一个人的疆域，
一个人的山水地理。

独独对你敞开。

似乎还不够。这起伏的界面，
必须一张张拉开，从立体向平面
铺展。拆散的书页不再装订。

过程会有点长，有点曲折。
你进入时，得有耐心。

也会有不少转折。
风雨埋了伏笔，季节埋了伏笔，
其中有深意。若已模糊，
你也不用辨认。

那些破损、划痕，
那些崩塌甚至阻滞，

全是一个人的混乱。
你无须理会，要记得安抚。

还有我任性的流水。
虚饰的云彩，天真的设防，
情绪里的无端阴晴，
也请你容忍。

我如何说，我如何说，
这些都是你出现前的前奏，
就像一个人生，只为死。

这表述里的无耻，也请原谅。
我不是最初的我，你肯定是
最终的你。那个命定的人。

与我赏雪、听琴，对面围炉。
在两个人的疆域，两个人的山水地理。

2021 年 4 月 9 日

算　法

她在摆弄一份情感的算法。

起初她只发现了它的缺陷。
那些随机输入，小仗义小关心，
这许多的小感动，
是同一棵大树上的小枝杈。

几次相拥，几份落日的伤感，
轻易就跑偏了怀抱。
几杯酒又轻易夸张了它。

月光落在枝头上，夜半无人，
千丝万缕的直觉，私语和床戏，
转为现实的形式和世俗的无意义。

肢体的虚缠更让数据失真，
未来变得无法管控。
没有离谱，只有更离谱。

若有似无的爱，自动生出锋刃和空间的
复杂度，生出隔岸的雨雪。
无边落木萧萧下，不尽的江水
在丢失，在他处结冰。

多出来的负面，是风景的逃逸，
是抱怨和猜忌，是疏远和分裂。
一颗心跑得更快，比温暖快，
快过一则灰暗的笑话，快过悔不当初。

"幸好只是一次推演。"
"幸好只是一个算法里的终态。"
她停止加减乘除，在象征的大树上，
找到时间端点里又一个厌弃的死结。

2021 年 4 月 24 日

遗 存

这也是陷入的方式，
不是在一杯酒里回不过神，
就是在一场梦里醒不过来。

在那里，她也许是干涸的，
酒是柔水滋润。
在那里，他也许是虚无的，
梦是肉身充盈。

现在，她归来了，
"我无法给你我的最初，
至少让你为我画个句号。"
但凡想起，她的嘴唇就会闪烁光的碎屑，
她知道，这是人间之爱最后的遗存。

2021 年 5 月 6 日

残　菊

那张脸在眼前晃动着，
整个虚空映衬在背面。

在静坐的午后，
突然出现的影像，
仿佛藏着无尽的过往。

是谁？有怎样的名字？
隐约的笑容像风过水面，
又有更深的纠结潜于水底

细碎的波纹在心里漾开时，
我看见了一朵残菊。

肯定，我肯定又遗忘了什么，
记忆是个好东西，藏得深了，
自己也无法轻易找见。

2021 年 5 月 7 日

在恩钿月季公园

花随步移，是风姿在移动，
是绰约，是你所能想到的绽放之美，
它们全在这个花园里安身。

每个前来的人，心怀芬芳，
寻花不问柳，只问月季。
花开无须折，只为闻香。

顺便问问栽花人，
顺便向栽花人借个影。
铜像有点冷，笑容端庄且暖，
顺便敬仰一遍两遍，不够再重复一遍。

也可以来点考究，
比如文学与一朵花之间，
隔着几个比喻？
比如从单纯的欣赏到为之献身，
得添加多少热爱？

还可以想象，一个娇软之躯，
如何耐心地松土、剪枝、浇水、施肥，
如何扦插繁殖，让一种花品，
冠上中国之最，世界之最。

然后去花屋里喝一杯花茶，
小口小口地，将这个尘世再爱上几回。
然后去众花里认下一朵，一朵就够了，
像认下心里花瓣叠合的那个怀抱。

2021 年 5 月 8 日

任　性

她的任性只在想象里，
那里清风是你，明月是你，
缺失的风景也是你。

为什么还能呈现真实的颜色？
仿佛回到不一样的庭园，
开一朵花，结一个果。

为什么还能飞，不停地起落，
禁锢于一个狭隘又顽固的
早被预设的内心边界。

更多时候她的任性还是一块斑驳的
圆石，被日常的油盐反复煎煮，
而你，一直停在远远的人间。

2021 年 5 月 20 日

全　程

她的多情不被允许。
她等待的祝福，也永不会来到。
只有被篡改的记忆，一本写坏的书。

令人心疼的女子，
一次次轻易地交出自己。
她有重复的煎熬、疼痛，
她有重复的绝望。

我从头目睹她孑然一身又
命系一线，这次是一场逃不掉的疾病。
但又会有什么不同？

只有蜷缩着的孤寂。
"没法回头了。"
她说，"这是最后的重复。"

2021 年 5 月 28 日

百步三桥

在第一桥上，我想了一下你。
在第三桥上，我又想了一下你。

这之前你来过，这之后你仍会来。
如果你站在第二桥上，
往前或往后五十步，你有过我。

这是虚妄的。这是我的第四维度。
就像你时常出发和归来的站台，
透过时空，我遇见你。

就像在一首老歌里动情，
你就在那个缠绵的高音里，
扶住我这一世绝望的付出。

2021 年 6 月 2 日

毛乌素沙漠

一

年少时，她曾迷恋过你的荒芜，
干燥的风是她，低矮的沙棘是她，
沙浪上的起伏，也是她。
这是想象中的陪伴或牺牲

为什么改变？似乎突然就湿润了。
突然就丰盈了。突然就美了。
起伏的绿和树荫，
全是眼下甜蜜的路径。

允许她露出一点委屈，
允许你给她带来的击打。
伟大的自然，从来都是恶劣的少年，
有时沧海，有时桑田，
她得准备多少芳心，可以相应错付？

二

为什么改变？
你干涸的身体，需要一片大水，
需要电闪和雷鸣重重地唤醒。
需要梦境，那里有一杯酒，
让时序错乱，旧日重回。

为什么改变？
你荒芜已久，太需要充盈与爱抚。
需要慢慢地绿，
一点一点的，围拢众多的沙粒。
需要慢慢地花开，
一点一点的，让沙蒿匍匐着，
深入并向下，找到根深蒂固的亲人。

三

于是我认识了这些沙地植物：
矮个子的沙柳，在狂风中驱赶着黄蛾；
大咧咧的梭梭树，随意扭曲它浅灰色的肌肤；
花棒捧出紫红色的花冠，
柠条献上盐碱味的汁液。
我认识了小叶杨、沙枣、樟子松、紫穗槐，
这些植物界的骆驼，卧遍每座沙丘。

我同时也认出了我的爱慕和惊羡，
它们也像无数浪荡的沙子，
在你每一片绿强劲的根茎处，
定下心来。

2021 年 6 月 3 日

她爱他所有的当初

她爱他所有的当初，
他的磊落，他的万事在胸，
他揽她入怀又伸手拍摄，
让整个夜街的灯火全成为背景。

她也爱他的用心，
喜欢，自然深爱。
花树下，他们共享一个比喻，
快乐像这样像那样，
如此的乐同样如此的快。

那里，她可以娇小如甜点，
或是白月光，睡前故事或热奶。
她可以要求这样要求那样，
她可以停留，昨日重回，
看时间一圈圈慢慢褪去他的身影。

一个且行且远的原点，
注定跑偏的剧设像身体磨损，容颜更替。

暗中那瘆人的撕裂声无人听见，
她仍爱着，爱所有的悔不当初！

2021 年 6 月 5 日

过

像一篇逐字读过的文章，
当初的惊艳仍在，感动仍在，
他与她已互为白驹过隙。

曾爱她的任性，过头的豪迈。
曾爱他过人的缱绻、包容，
也许还有些过多的体谅。

"我爱过你。"现在，中间的过，
横，竖钩，点，点，横折竖，捺，
是过失，是过错，是过分。

一场经过，就是路过一个花园，
他们同时停下来，张望，犹豫，
这是必须的过门，同走一条长长的过廊。

同时起步的俩人，很快，
一个跑过头了，一个仍在原地，
出线的总是那个跑得过快的人。

认真的爱，就是过家家，
其中的童贞让人迷恋。回头亲吻
不在，谁还在过问谁的无语凝噎。

一场罪过。这是有心之过。
寒风招摇过市，寒冰藏于过往。
她在暗处疗伤，他是否也会忏悔或赎罪。

一场过去的爱，初起时美在得过且过。
现在，亲过抱过的身子，全是遗产。
也有遗言：爱过不如错过。

2021 年 6 月 8 日

一场告别

一场告别，可以如此简单：
比如看他穿过酒店长廊，
在几杯酒里走得歪斜。
比如他回头，她仍在长廊尽头，
孤立，一动不动。

这之前遗留的现场是：
客房长条桌上无序摆放的
服务册、速记本、戴过的口罩与烧水壶，
二十几只烟蒂在水晶烟缸里挤挤挨挨，
两只白茶杯相距四十厘米，
正好是一把椅子与沙发的距离。

这让他们相顾无言时，
他能看清她暗藏的窘迫和坚持，
她能望见他眼里时而黯淡时而烂漫的星星。
如果愿意放纵，也能有一场对视，
挨着的鼻尖接通一条黝黑的隧道。

还有半明半昧的灯光，
曾照着他们勉强保留的外在清白和
不可描述的人间纯洁。

2021 年 6 月 9 日

创作谈 | 远离现实的隐秘伤感

一次在朋友圈里，我又听到了那首《卡萨布兰卡》，我的情绪突然被同化了，如此强烈。在很多独处时分，这种情绪裹挟了我，带走了我，歌者中年和老年的脸不断在眼前替换，还有同名老影片里那些令人揪心的场景和男女主演摄人心魂的眼神。这首歌因此在一段时间里成了我车载音乐的单循曲。后来我强迫自己删了，我怕我陷入太久会出不来。

　　有一位小说家曾对我说，他写作前一定先听几首自己喜欢的歌，让这些歌将自己的情绪带动得满满的再开动。我想说的是，我其实也是甘愿被那种情绪左右的，尤其当我进入写诗状态时。那种情绪自带着极大的动力，会推动着我，让我代入几乎近于实质的角色之中。《卡萨布兰卡》流转的那种情绪，让我失陷在那里。在那里，我被生活为难着，有取舍之苦、思念之煎、分隔之忧。在那里，我独自出没，感受着歌者吟唱里的那份难过："当我不得不看你离去，我也感受到那种伤痛。"

　　我的许多诗歌就写于这样或那样被外来的情绪影响或附着的状态下，这让这些诗歌的调子成为这种情绪带动下的浓郁"伤感"，这样的伤感在诗里展开，场景自然不会是真实的，自然只属于也只能被框定在"一个人的疆域"。所以，我的诗中一直不断地会出现"虚妄""想象""推演""幸好"等虚实界定或设置之词。

我一直将诗歌当作自我想象的重要寄体，这有些幼稚有些可笑，但谁能否认它们存在的真实？这些远离现实的隐秘伤感被写出来时，平衡了现实中我没心没肺的快乐，同样也保留了一份心灵的真挚。

写作几十年，写作这件事于我而言几乎与生命同长——我想这个说法从我个人情感上来说应该是成立的，虽然诗歌更多承载了心灵生活，但我所有写下的句子，也是现实的回响，是追忆、怀想、复述并重新抵达——以另一种纯感性有时更是一种失真失重的方式。当我重新阅读它们，我看到了某种时间的魔术或秘密，那是我一个人的，但又不是我一个人的，因为我，与世上众多的生命存在，没有什么不同，我就是他们，他们就是我。我想表达的另一层意思是：所有我应该感恩的人，所有与我同呼吸的人，所有我认识不认识的人，我都在通过写诗的方式爱着你们。

感谢北岳文艺出版社刘文飞先生联系我出版这本创作选集。这本诗集所选的诗也都是我不同阶段诗作中自以为还有些意味的。集名采用了刘文飞先生的建议。《她还在人间走着》也是我新近创作的一首小诗诗题，当我写这首诗时，我是将自己置身在现世的我之外，反观我在人间的足迹。整理这些诗时，我又有了同样的感觉：当它们被写下，它们便独立于我，于人间自行行走。这有点玄幻，以后，我会不会指着这些诗歌说：瞧，她绝不是我。

荣荣

2021 年 8 月 23 日于宁波

荣荣

女，本名褚佩荣，生于 1964 年。

中国作家协会员，浙江省作协副主席。

曾参加《诗刊》社第十届青春诗会，在《人民文学》《诗刊》《十月》等文学刊物发表大量作品，出版多部诗集、散文随笔集等。

曾荣获"新世纪十佳女诗人"称号、十月文学奖，《人民文学》诗歌奖、华文青年诗人奖、第四届鲁迅文学奖等。

代表作品

《看见》

《像我的亲人》

《风中的花束》

她还在人间走着

出 品 人｜郭文礼	选题策划｜刘文飞	责任编辑｜刘文飞
复　　审｜陈学清	终　　审｜古卫红	书籍设计｜张永文
封面绘图｜舟蒲麦	印装监制｜郭　勇	

项目运营｜有度文化·刘文飞工作室　　　投稿邮箱｜liuwenfei0223@163.com

微　　博｜http://weibo.com/liuwenfei0223　　微信公众号｜YOUDU_CULTURE